Catch The Diamond

キャッチ・ザ・ダイヤモンド

五つ星の希い

夏目 徹

澪標

キャッチ・ザ・ダイヤモンド　目次

序章

「ゼロからの挑戦」——三洋電機社員時代

アフリカと私──ルイボス商品の開発

「人と地球に優しく」と「五つ星の希い」

終章

装幀　森本良成

序章

響き渡ったトランペットの音色

――ラ、パパ、パパパパ、パパパーン

二〇一二（平成二四）年四月十二日の昼下がり、神戸元町・旧居留地の閑静な佇まいに再建された、百五十年以上の歴史をもつオリエンタルホテル四階宴会場に、銀色に輝くトランペットの音色が響き渡った。

曲は「スター・ダスト」。バンド構成はベース、ドラム、キーボードに、二人のトランペッター。じつは、このトランペッターのひとりが私自身だった。六十八歳。

思えば、その瞬間、約四十年前、アメリカ・シカゴでシルバーのトランペットを手にしたときに描いた夢が実現したのだった。

参会者は約八十名。この日は、現在、私どもが経営する株式会社「プレスティージ」の創業二十周年にあたった。会場正面の左側にスクリーンがセットされ、会社の歩みがスライドで紹介されていくなか、私のなかでは、さらにそれをさかのぼる四十二年前、四十六歳で三洋電機を退職し独立したときの、倉庫のような事務所で電話一本からスタートした脱サラの日のことが思い出された。

同時に、ここまできて、あらためて胸のなかに去来したのは、人生で自らが進んでいく方向・経糸と、人生で遭遇するさまざまな緯糸で織られるタペストリーとは、あらゆることがけっして偶然ではなく、すべて「因果の法則」によって成り立っていることで、たとえ淡々とした人生であっても、じつはひとりひとりの人生のなかには、宇宙の真理が、昼には見えない星のように散りばめられているということだった。そして、それに気づくとき、あなたは、この世に生まれてきた意義、聖使命を覚るチャンスを、かならず得ることができるだろうとあらためて思った。

私自身、生まれてこの方、幼少期、学生時代、サラリーマン時代、独立して会社経営時代を経るなかで、さまざまな人との出会い、海外での生活、さらに信仰への目覚めなどを通し、数多くの〈ゼロからの挑戦〉をくり返してきた。

私の世代は、紀元一〇〇〇年代から二〇〇〇年代に突入する大きな節目にこの世に生を受けた。人類史上もっとも悲惨な第二次世界大戦を幼少時期に体験し、大きな影響を受け、終戦となり、戦後日本が復興していく激動の時期に青年期を過ごした。壮年期には経済成長の波に乗って、私の場合には海外でのビジネス経験をした。また、経済成長から一転し、日本のバブル経済の崩壊にも見舞われた。そして、数百年に一度あるかないかの阪神淡路大震災に、私は芦屋で被災した。さらにこの国は東日本大震災と、それにともなって原発事故による放射能汚染に見舞われる。まさに千年に一度といえるような激動期、大きな節目のなかで、そのひとつひとつに多くの困難がつきまとったが、一方ではまた何らかの意味ある貴重な人生体験となった。

かくいう私も、これらの体験のなかから、私の〈人生の真の目的〉を見出してきた。

さて、今少し、トランペットの思い出も語っておこう。

当時、私は、三洋電機に入社して二年目で海外駐在員を命ぜられ、初めての海外生活だった。同時に新婚生活もシカゴではじめた。

シカゴといえばアメリカでも有数の音楽文化を基盤とした街。ジャズもシカゴ派と呼ばれる独自のスタイルがあり、はじめはジャズ好きの妻に曳かれてのジャズクラブ出入りとなった。そして、オスカー・ピーターソン、サラ・ボーン、モダンジャズ・カルテットなどに親しむうちに、いずれの日にかトランペットでジャズが吹けたらいいな、と、秘かに思うようになっていた。

そんなある日の午後、シカゴのダウンタウンに特に何といった目的もなくふらっと出掛けた。いろんな店が並んでいるストリートの楽器店でシルバーカラーのトランペットが目に飛び込んできた。躊躇することなくドアの真鍮の取っ手を引いて店に入った。「コーン」というブランドであった。一八七五年、コルネットの奏者チャールズ・ジェラルド・コーンが、小さい店で初めてコルネットを製作し世に送り出し、その技術力の高さで一八九三年、シカゴで開かれた万国博覧会では「最高栄誉賞」を得た定評のあるブランド品であった。家に帰ってからもその感動は醒めず、翌週その店に行って二九九ドル払って、ついに手に入れたのだった。

いつかこのトランペットでジャズが吹けたらいいな、と思いながら四十数年がたち、ついにこの日、その思いが蘇り、願いが叶ったのである。

さあ自分の内に秘めている宝物探しに出かけよう

さあ、一日も早く私たちのなかに秘められている〈宝物〉を見つけよう、というテーマを、私自身の人生経験を具体的に語ることで、あなたと共に考えていきたいというのが、今、この本を書いている私の夢であり希望である。

自己のうちにある秘められた〈宝物〉を見つけ、その宝物こそこの世で果たさねばならない聖使命だと覚り、それに向かって歩んでいくことができれば素晴らしいことだ。あなたの発見した〈真の人生目標〉は、たとえ夢のようなことであっても、それは物、名誉、金といった、いわゆる世俗的な目標だけではもはやない。これらは生活していくうえでは大事なものだが、あなたの人生で求める〈真の人生目標〉はそれだけではもはやない。

結論風なことを少しだけ先に語るなら、私は、宇宙に存在する数多くの真理のなかで、私なりに発見した〈五つの真理〉から、この世に生を享けた意義、聖使命を見出すことができた。〈五つの真理〉についてはいずれゆっくり語るとして、内に秘めている〈宝物〉を輝かせ、他への救い、喜びに向けて発するとはどういうことか。それはたとえ微々たる実践であっても、一羽の小鳥の咄嗟の行動が、他の小鳥たちを動員し、森の火事を消すことがあるように、また十六歳のパキスタンの少女マララの行動が、やがて世界のすべての子どもたちに教育を浸透させるきっかけになるように、世界の平和に繋がっていく。この目標をはたしていくことが、そのまま世俗的な目標でなく、何者にも代えがたい〈人生の目標〉となる。

この宝物〈真のダイヤモンド〉を見つけ、それを輝かせていくとき、やがて私たちは、この世に命をいただいた意義、聖使命を覚り、どんな試練であろうと、喜びに溢れた日々を過ごせるようになるだろう。

これを仏教の面からみるなら、二千六百年の昔王族の家柄に生まれ、裕福でなんの苦労もなく、欲しいものは何でも望みどおりに手に入る釈迦族の若者がいた。彼は二十九歳になったとき、これらすべては人生の目標でないと自覚して、世俗的な物や欲望を捨てて出家した。六年間の修行の結果、三十五歳で無明を破り、悟りの境地を開き仏陀になった。

私たちもみずから心の中にある〈宝物〉に気づき、行動を起こすことによって、心の中に明るい太陽の光のように輝く喜びに浴することができる。

宇宙それ自体もそうだ。百三十七億年前に、無の状態からビッグバンとよばれる爆発によって誕生した。そしてこの宇宙に銀河が誕生した。一個の銀河にはおよそ一千億個もの星が含まれるといわれる。天の川もそのような銀河のひとつだ。遠くまで宇宙を観察すると、宇宙全体ではおよそ一千億個の銀河があると考えられている。つまり星の数は一千億個×一千億個あるということだ。天文学的数字とはまさにこのこと。私たちの内なる〈宝物〉もそのなかにあり、かならずあるだろう。

だからこそ、目標に向かって自分から行動すること、考えること、祈ること、時には無意識に思っていることなども、たとえば蚕が糸を紡ぎ出すように、いろんな経糸をつくり出していくもので、それらを私は〈因〉と考える。

その結果、人との出会い、地球上のあらゆる生命との出会い、自然との遭遇などの〈縁〉が、いろいろな〈緯糸〉となってみずからのつくり出した〈経糸〉と織り合って、人生の布〈果〉を紡ぎ出していくのだ。その経糸と緯糸が日々織られて、そして見えない赤い糸も仕込まれ、ひとりひとりの人生のタペストリーがさまざまな色彩をもって織られていく。

生きて行くなかで、主にさまざまな物質的な目標に向かって進んでいくが、それらを手に入れたとき、どこか充ち足りない空虚なものが残るのに気づかされる。精神的に充ち足りないものといってていい。みずからが求める人生の目標ではないことに気づかされるときだ。

真の人生の目標を見出すことができれば、そこからは残された人生をその真の目標に向けて生きがいを持ち、喜びで楽しい日々を過ごすことができる。

このように、みずからの内にある〈宝物〉を発見し、人生の目標を持ったとき、そこから織っていく人生の布は燦然とした歓びの輝きを帯びていく。二本の糸で紡がれた経糸と緯糸、そして見えない赤い糸で、日夜人生のタペストリーを織っているのは、ひとりひとりの心の中という小宇宙に住む織姫なのではあるまいか。

「ゼロからの挑戦」——三洋電機社員時代

三洋電機に入社

昭和四十三年春、私は同志社大学経済学部を卒業すると三洋電機に入社した。母方の母の従姉妹の嫁ぎ先の夫に中央大学を出て三洋電機に勤務、当時資材部の課長をしていた人物がいて、うちの会社に就職しないかと打診してくれたからだった。同じ中央大学出身で在学中は柔道部で鳴らしたこの人の親友が人事部の採用担当課長をしていて、当時の三洋電機には縁故関係のほうが安心して採用できると考えるところがあったからかも知れない。いずれにしろ、この湯田氏が、「夏目君は柔道をやっていた経験もあり、英語も得意だ」と売り込んでくれたことはたしかであった。採用担当課長のほうも親友の甥でもあり、柔道をやっていたのならそれなりの根性もあるだろうと、話を前向きにすすめてくれた。

昭和四十三年といえば時の総理は佐藤栄作。イザナギ景気といわれ、3C（カー、クーラー、カラーテレビ）時代がはじまる反面、東大で安田講堂占拠がおこなわれるなど、大学紛争も過激さを増していた。コカ・コーラが全国的に発売され、三洋電機では折から電気掃除機「太郎」を発売し始めていた。

入社試験のペーパーテストは、人事課長よりあらかじめ試験の傾向を教えてもらっていたので、難なくパスした。面接試験では創業者三兄弟の次男祐郎社長を中心に、周りに十名ほどの役員、人事部スタッフが並んだ。そのなかで祐郎社長が履歴書に目を通しながら、「おお、君は湯田君の甥か」と言われ、湯田氏が社長からも信頼を得ている心証をえて、身が引き締まる思いに駆られた。ともあれ私は人事課長の尽力もあって、無事縁故入社をはたした。

新入社員として三洋電機貿易に出向

入社式のあと、私が受け取った辞令には、「三洋電機貿易に出向」と記載されていた。内心雀躍りしながら、そのとき、ふと、遠くさかのぼって幼稚園に通った頃、七夕の日に笹の葉が茂った竹に先生から、「さあ、みなさん、いまから何か願いごとをかんがえてこの短冊に書きましょう」といわれて短冊を手渡されたときのことを思い出した。壮大な天の川を想像しながら、「みんながまだ行ったことのない遠いところにいちばんに行ってみたいな」と、ばくぜんとだったがたしかに思ったからだった。

今ひとつ、大学受験に失敗し予備校生だった頃、毎日勉強に明け暮れする生活から解放されたい気分から、当時住んでいた芦屋の松ノ内町の家から芦屋川沿いを北の方に向かって散歩していたときだった。当時はまだ舗装されていなかったので土道を踏んで、さらさらと流れる心地よい川の流れに、疲れた頭も体もほんとうに癒される気分になっていた。

開森橋という急に坂になるところにさしかかったときであった。橋のすぐそばで土道にはそぐわない光景に出会った。そこには真紅のボディにブラックのコンバーティブルトップが印象的な一台のスポーツカーが停められていたからであった。ゆっくりと流れる川、その上流に澄んだ青空と深い緑色に包まれた城山を背景にして、その赤と黒のコントラストは、若い私の脳裏には一枚の強烈な天然色の写真になって貼りついた。

当時は日本車がいろいろと出始めた頃で、外車を見かけること自体まだあまりなかった。19歳だったこともあって、むろん免許証ももっていなかった。それだからこそよけいに、この車を目にしたときから、何かなかば無意識のうちに、「将来このような車をつくる海外の国に行ってみたい、そしてあの車のハンドルを握ってみたい」という気持がせりだし、二度と忘れることのない光景として目に焼きつくことになった。三洋電機貿易出向とは、まさに夢の第一歩を踏み出したことであった。

三洋電機の貿易部門を担当する、この系列会社の当時の実質的なトップには鷹専務がいた。旧陸軍の士官で太平洋戦争時には戦車隊長をしていたとのことで、実際その仕事ぶりもまるで戦場で指揮しているようで、幹部はじめ社員はみんなピリピリ仕事をしていた。先輩たちはこの専務のことを「大将」と呼んでいた。入社してすぐ聞きおよんだことだが、この鷹専務、日本で年間飛行距離がもっとも長いビジネスマンとして日本航空（現在のＪＡＬ）から表彰を受けたこともある経歴の持ち主で、競合他社の追随を許すことなく、あらゆる国に飛んで破竹の勢いでビジネスを展開することでもよく知られていた。三洋電機そのものとしても、どんどん海外に進出する上げ潮の時期にさしかかっていた。

ここで私はまず船積書類を作成したり、営業部と船積み時期の打ち合わせをする船積課に配属された。当時は書類を作成するタイプライターも手動式で鉄製の重たいもので、タイプを打つと、先にアルファベット文字がついた鉄製アームがパチンとインクテープを打つ仕組み。私にとってははじめてのタイプライターだったが、これも高校時代芦屋高校硬式野球部で一塁の正ポジションを掴んだことや、大学に入る前の浪人時代、ふとした縁で「芦屋ローンテニスクラブ」のメンバーになって頑張ったことが役にたち、テクニックを要しむつかしかったが、猛練習により習得し、しだいに早くこなせるようになって、先輩たちに早くついていけるようになった。この船積課で約一年間貿易業務の基礎を学んだ。

そして、二年目、優秀な新入社員はいわゆるエリートコースとして商品企画からスタートするのだが、この優秀な同期入社の社員が思わぬアクシデントで退職したことから、急に船積課にいた私に白羽の矢が立った。

世の中では、自分の力が十分でないときでも、ちょっとしたはずみでうまくいくことがある。このときも私は中学時代柔道部にいて、試合中、相手の力がのりすぎたため自滅敗北し、私に勝ちがまわったことがあったことを思い出した。このたびのテープレコーダ企画課配属というポジションも、私自身がみとめた優秀な能力のあるはずの同期組が脱落したことから、二番手の私にお鉢がまわってきたからだった。

海外出向前夜

テープレコーダー。磁気録音機の一種で、磁性酸化鉄を塗ったプラスチックの薄いテープに録音するのでこの名がついたといわれる。

このテープレコーダーも、私が入社した頃が普及しはじめた頃と重なって、海外にもどんどん輸出されていた。

そういえば、アメリカのテレビ映画で「ミッション・インポッシブル」というタイトルの番組があった。今でも同じタイトルで内容を現代に合わせて放映されている。この番組の冒頭に一台の小型テープレコーダーが登場する。本体の中央にあるT字型のレバーをプレイのポジションにセットすると、テープに録音されている「ミッション」が再生され、達成不可能と思われる使命が言い渡され、ストーリーが展開していく。このテープレコーダーが三洋製であった。

アメリカ市場でも、この三洋のテープレコーダーは性能、価格、デザインと各面ですぐれており、全米市場に乾いたスポンジに水を吸うかのごとく普及していた。これはまさに鷹専務を大将に、テープレコーダー企画課の中里課長を参謀にした三洋の、世界にたいする宣戦布告であった。事実、当時三洋電機貿易が世界でもっとも多くテープレコーダーを販売していた。一点だけ難をあげれば、三洋ブランドの商品だけを販売していたのでなく、いわゆるOEM（他社ブランド）も扱っていて、それが取引の大半を占めていた。これがひとつの原因として、三洋は自社ブランドの育成で遅れをとることになった。

いずれにしろ、とにかく私にとってはテレコ企画に移籍した当初は、船積課のときとはまったくちがう緊張感があった。戦場における司令本部の一員という感じであった。一瞬も休むことなく次から次へと仕事がまわってくる。商品の納期遅れで、どうしても飛行機をチャーターして運ばねば間に合わない事態が生じると、製造側の事業部長に連絡をとり、飛行機代を製造側で支払うよう交渉せよという指示を受けたこともあった。二十四歳の私が二十歳も年上のベテランの事業部長と交渉するのだ。相手にとっては赤ちゃんの手をひねるようなものであったかもしれないが、物怖じせず交渉してくる私に意外に好感をもってくれたようだった。その後も親しくなっていき、その後の取引も比較的スムーズにいく助けになった。

そうこうしているうちにまた一年がたち、すると今度は、北米営業部から声がかかり、シカゴに駐在員がひとり入用になり、お前が行かないかという話が出た。こうして、入社してわずか二年で海外に行けるチャンスを得ることになり、夢はまさに実現したのである。そのときの北米営業部高峰課長の言葉は今もありありと耳に残っている。

「おい、夏目君、現地では猫の手も借りたいくらい忙しいようだ。お前は猫の手よりはましだろう。シカゴに行って来い」

三年前に夫を亡くした母は、ひとり息子の私を海外に出すのはさぞかし寂しかったろうと思うが、将来を考えると何も言わないで喜んでくれた。大学四年のときに出会っていた恋人久美子には、「一年後には一時帰国するのでそのときかならず結婚式をあげよう」と堅く堅く約束した。天の川の対岸に渡る牽牛のような心地だった。

シカゴ駐在生活

シカゴはアメリカ合衆国イリノイ州の大都市で、ミシガン湖の南西岸に位置する。ニューヨーク、ロスアンゼルスにつぐ、北米第三位の都市であった。経済面では第二位で、金融拠点、五大湖工業地帯の中心になっていた。なかでもダウンタウンは近代的なビルが建ち並び、シアーズタワーはかつて世界一の高層建築として知られていた。

それにしても、この頃はまだ、海外に赴任するということは、人生のなかでも一大事とかんがえられた。私は不安な気持よりも、何者かに背中を押され、頑張ってこい！と励まされているような感覚で、ワクワク感が優先し、見送りに来てくれた家族と久美子にけんめいに手を振った。

シカゴのオヘア空港に着いた。英語は好きで早くからしっかり学んできたつもりだったが、耳慣れしていなかったので税関では少々まごつき気分だったが、ゲートを出ると私と交代してロスアンゼルスの三洋（米国）本社に異動する一年先輩の諏訪さんが迎えに来てくれていて、すぐV8エンジンのアメリカ車シボレーに乗り込んだ。

空港を出ておどろいたのは、片側四車線、両方合わせて八車線のハイウェイであった。ダウンタウンまでほぼ一直線に進んでいる高速道路を、約百二十キロのスピードで走るのだが、幅広い道路をゆったりしたアメリカ車で走るとあって、ほとんど日本での普通に走っているスピード感覚と変わらない。諏訪さんは車の窓を開けて左ひじを窓にかけ、右手でハンドルを握る余裕のスタイルだ。

約二十分、到着したところは、諏訪先輩の住んでいる、築後約五十年たった三階建てのレンガ造りのアパートだった。部屋が三つあって、東京三洋・音響事業部からの小熊君、テレビ事業部から来ている坂上君、そして諏訪先輩のあとを私が使うことになった。四日間の引継ぎで諏訪先輩は去り、他の二人とは年頃も同じですぐ親しくなった。

食事をどうするかだが、三人で順番に交代でつくることになった。私はこちらに来るまでは、自宅で母と叔母、そして二人の妹との五人暮らしであり、食事の用意どころかキッチンに入ることすらまずなかった。そこで、所長の奥さんに手ほどきを受けてやることになった。しかしどこをどう聞き違えたか、蜂蜜を大匙一杯入れるところを壜に入っている分ぜんぶスペアリブを焼いているフライパンに入れてしまったり、皿洗いで何個も食器を割ったりしたために、やがて食事づくりは二人にまかせて、キッチンとダイニングルームの掃除を担当することになった。ところがある朝、ダイニングルームに入ると、数百匹のハエが部屋中を飛びまわっている始末。三人で殺虫剤を機関銃のごとく噴霧、やがてハエたちはキッチンフロアを埋め尽くすほどに落ちてきた。あとで原因を調べたところ、ゴミ箱の生ごみをすぐに捨てず何日もおいたためハエの卵が孵ってしまったということだったが、私にとってはこれが海外生活の幕開けとなった。

三人とも同時期に赴任、同じ屋根の下に住むことになっただけに、その分は私にとっても幸運にめぐまれた。つぎにはまず車が必要ということになったが、これはたがいに好みもちがうだけに、別々のカーディーラーをたずねた。私はひと目見て、「あッ、これだ」とその場できめてしまった。それがまさしくあの十九歳のとき芦屋川の畔で目にしたフォード社製の「マスタング」だったからである。心に願うことは、意識の奥で念じているとやがてかならず実現する、ということをここでも実感したのだった。「キャッチ・ザ・ダイヤモンド」への第一段階のひとつだった。ただ、車のボディカラーは芦屋川で見たときの赤ではなく、鮮やかなコバルトブルーであり、トップは白と紺色の千鳥格子のデザインだったが、澄み切った青い空、どこまでも拡がる紺碧の大海をイメージさせて、かえって私を満足させた。三千ccのエンジン搭載、バケットシートで、ツードアのスポーツタイプ。値段は三千ドル、当時の価格で約百万円。日本から持ってきた円をドルに替え頭金を払い、後はローンで毎月支払うことにした。

私は愛馬を可愛がるように手綱（ハンドル）を握って、この愛車でシカゴを駆け巡った。マスタングとは野生馬を意味し、その名は第二次世界大戦後期に活躍した戦闘機のイメージも重ねたといわれている。その時は意識しなかったが、私が芦屋川の畔で目撃したマスタングは、一九六四年に登場したコンバーチブルの初代マスタングであり、発売当初からよく売れ、アメリカ自動車史に残るほどのベストセラーになった代物だった。

最近、たまたまアメリカ映画でクリント・イーストウッド主演の「人生の特等席」というのを観たが、彼の演ずる野球のスカウトのガスが乗っていたのがこの初代のマスタングだった。クラシックないい味を出していた。

さて、新しい勤務地となったシカゴ事務所はダウンタウンのラ・サール通りにあった。大きなサイズのブロック石で造られた古い、六十年以上は経っているビルで、その十階全フロアが事務所で、有本所長を中心に、日本からテレビ、オーディオ、家電などの各商品の事業部の技術者が駐在員として来ていた。オフィスの窓から外を眺めると、眼下に川幅五十メートルはある川が流れていてミシガン湖に通じていた。正面に勝どき橋が架かっており、大型船が通るときにはヴォーンという船からの汽笛の合図で、橋の中央がゆっくりと開き、通行車はその間約十分ほど橋の手前で待たされることになる。やや右手を見ると、玉蜀黍のような姿の高層コンドミニアムが建っていた。各階のベランダが半円形になっているのでそう見えるのである。この建物は川縁にあり、なんとここに住んでいる人たちは皆建物の下に船を持っており、そこからプライベートボートやヨットに乗って、ミシガン湖に出かけていくということだった。当時の日本にはまだ見られなかったライフスタイルで、さすがアメリカだと感心させられた。

ランチの時間になると、駐在員は皆揃ってエレベーターで十階から一階にあるレストランに降りていく。七、八人が座れる楕円形の大きなテーブルを囲んで座る。テレビ事業部から来ている先輩格の山野さんがウェイトレスに、「いつものヤツよ」とお酒を注文する。何だろうと思っていると、なんと、ウォッカ・マティーニを持ってきた。続いて他の駐在員も「ビール」「ワイン」とそれぞれの食前酒を注文する。お酒を注文しないとランチが始まらないのだ。私は遺伝的にアルコールに弱く、どうしようかと思ったが、周りの雰囲気にひとりだけが飲まないわけにいかず、つい「ビール」と言ってしまった。当時のこのレストランのウエイトレスは黒人の女性が多く、そのほとんどが大柄で日本人女性の一・五倍ぐらいある体格だった。ブラックのワンピースにホワイトのエプロンをかけ、頭にはホワイトのキャップをつけていた。これがまたモノクロ映画を観ているようで、ランチ時の食前酒といい、日本文化にはない風景だった。ビーフステーキを注文すると、まるでお相撲さんのはく草履のような大きさにびっくりさせられた。

しかし、駐在生活に慣れてくると、胃袋もアメリカ料理に順応するようになって、ペロリと平らげてしまうから不思議である。飲み物のコップも、スプーン、フォークのサイズまで一・五倍ぐらいの大きさだ。そういえば、アメリカの距離の単位はマイルであるが、一マイルは約一・六キロであることもうなずける。

シカゴ事務所での主なる業務は、シカゴ周辺にある取引先に、ＯＥＭ、すなわち先方のブランドで商品を製造販売するビジネスだった。自社ブランドの「ＳＡＮＹＯ商品」の販売はロスの本社でおこなっていた。

困ったのは、英語は得意なつもりでシカゴの地を踏んだはずなのに、耳が慣れるまで半年ほどかかったことだった。特に電話での会話は相手の顔が見えないだけに、どんどん早口で話しこまれるのは弱った。どうしてもわからないときは面談して、英語で筆談をしておたがい理解するというシーンもあった。

ここで学んだこと教えられたこと

得意先の一つに「ベルアンドハウエル」という会社があった。一九〇七（明治四〇）年に設立された会社で、主に映画用機材を製造、一九六一（昭和三六）年には日本のキヤノンとも提携するなどの実績を持っていた。この会社が、オルガンにテープレコーダーを組み込む話を三洋に持ってきた。アメリカにはオルガンメーカーがたくさんあって、それぞれのメーカーのオルガンに組み込むということであるから、細かい打ち合わせが必要であった。テレコをオルガンに組み込む目的は、演奏をテレコに録音することである。オルガンを弾く人が自分の演奏を再生して練習を重ねる。あるいは先生が弾いたものを生徒が再生して練習に役立てるというもので、このオルガン用テレコの販売がシカゴの私の初仕事となった。

仕事は主に買い付け部門のバイヤーと商談することだった。バイヤーのひとりにMr・フォーゲルという人がいた。百二十キロもある大きなだるまさんのような人だったが、けっして相手を威圧する感じはなかった。黒縁の眼鏡の奥には大きな丸い茶色の瞳がやさしげに私にも向けられていて、半年ほどは週に二、三回愛車マスタングに乗って、彼のオフィスに出向き、日本からの情報を伝えたり相手の要望を聞いたり、商談を重ねることが日課になった。英語を耳に慣れさせることが私にとって緊急課題になっていたときだっただけに、フォーゲルさんとの出会いは有難かった。

この仕事のおかげでいろんなオルガンを知ることになったが、そのなかで私がもっとも好んだのはハモンドオルガンだった。一九三四（昭和九）年にローレンス・ハモンドによって発明された電子オルガンである。これは、パイプオルガンのパイプの代わりに、トーンホイール（波の刻まれた金属製の円盤）を回転させて、近接して設置されたマグネティック・ピックアップにより磁界変化の波を音源として出力させるというもので、この仕組みによって奏でられる音は単純な音ではなく、錦織のような美しい色が混ざり合ったようで、心地よい空気感にも富んだ音色を醸し出すことで知られていた。たまたま久美子が日本でハモンドオルガンを習っていたこともあって、このハモンド社もシカゴにあったことから、新品では高値で手が出なかったが中古を手に入れることに決めた。これはのち久美子と結婚してシカゴ生活をはじめてから購入したものだが、木製キャビネットの鍵盤をカバーする木製の蓋が付いているこのオルガンは、今もわが家のリビングに収まっている。もともとは小さな教会用として製造されたものということだ。

シカゴ事務所のたいせつな得意先のひとつに「スリーエム」（3M）という会社があった。一九〇二（明治三五）年にミネソタ州で設立された会社で、今でもミネソタ州のセントポール郊外のメイプルウッドに本拠地を置く、世界的な化学・電気素材メーカーである。日本では住友電気工業との合弁会社「住友スリーエム社」があって、3Mの世界最大の系列会社となっている。スコッチテープなど、われわれの生活のなかにも多くのお馴染みの商品があろう。

この会社はオーディオテープ、ビデオテープも製品化していたが、このテープをアメリカ国内のみならず、世界へ向けて普及させるために、三洋にテープを使用するテープデッキプレイヤーの製造を依頼してきた。その担当が私になり、シカゴのオヘア空港からミネソタ・セントポールにある飛行場に着くと、商品開発担当のMr・オベイディアが出迎えてくれた。四十歳前後だがすでに前頭部が禿げており、しかし色白でキリッとしたダークブラウンの目が印象的な人だった。

車で三十分ほど走ると小高い丘があらわれ、目をうたがうほどの立派な建物が広大な土地に三々五々、二十数棟が聳えていて、それらが本社、研究所、工場などの集合体であった。そのひとつの研究所に案内され、三洋との共同開発のオーディオデッキの打ち合わせをおこなった。

このなかでさすがと思ったことは、商品を開発・設計するうえで、顧客が買ったあとのアフターサービスがきちんとできるかどうか、あらゆる点を検討して商品化していくプロフェッショナルな姿勢であった。たとえば、修理が必要なとき、商品を組み立てるすべての部品が分解できるよう、指が入るスペースを確認したり、また製品を組み立てるネジ一本についてもきびしくチェックしていることだった。四十数年前、ここまで顧客の立場に立ったアフターサービスを、徹底的にかんがえて設計し商品化するポリシーを持った会社は数少なかったと思う。三洋の製造部門の技術者も、この３Ｍのかんがえ方を学び、製品開発の参考にするようになった。

打ち合わせがすすみ、ランチタイムになったが、この食事のあいだは仕事の話はほとんどしない。打ち合わせの時とは頭を切り替え、まず食事をエンジョイすることだった。ここでは、それぞれの家庭のことであったり、趣味であったり、日本のことであったり、日本人の宗教観を聞かれたり、アメリカの生活具合などに話がおよんだりした。その場を和やかにすることも、欧米でのビジネスマナーのひとつであることをこのとき私は学んだ。

「シアーズ・ローバック社」はシカゴに本社を置くカタログによる通信販売でよく知られた会社だった。そのカタログは電話帳ぐらい分厚いもので、アメリカ全土で三千万世帯が常備しているぐらい普及していた。

十九世紀末から二十世紀初頭にかけてのアメリカ人の生活はまだ農業が中心で、広大な国土に多くの農民が生活していた。交通手段も、田舎では鉄道といっても便が少なく、馬車がまだ活躍していた。都市に出かけるにもお金と時間がかかるところから、個人商店や行商人から割高で買うしかなかった。そこに着目した創業者のシアーズは、消費者に直接カタログを郵送して、一括仕入れによって安価に商品を購入することのできるダイレクト・マーケティングを推しすすめ、その結果、一九八〇年初頭までのシアーズは、小売業者では全米第一位の地位を占めてきた。私がシカゴにいた時代になっても、まだ全盛期を続けていた。三洋との取引額も年々大きくなっており、メインのテレビ商品は有本所長が担当し、テープレコーダーと電子レンジなどは私の担当になった。

あるとき、普及タイプの電子レンジの商談がまとまり、日本から二万台がシカゴのシアーズ倉庫に納品された。ここでは入荷した新製品には、「ミル１０５Ｄ」という、アメリカ陸軍で使用していたのと同じミリタリー・スタンダードでのきびしい商品受け入れ検査がおこなわれる。その結果、今回のこの商品の製造ロットは、電子レンジのドアの嵌合がわるく電磁波が外に漏れるという判断が下され、アウトになってしまった。

こうなると二万台ぜんぶをチェックし、具合のわるいものはリワークせねばならない。急遽、日本の製造事業部より修理用技術者を数名派遣してもらい、私も商品の梱包を開けるなど手伝って、何とか二万台を全数検査のうえ納めることができた。この迅速な対応に、シアーズ側のバイヤーも気をよくし、かえって信頼を高めることになり、取引をさらに拡大することができた。この経験をしたことで、私はピンチ＝チャンスに精いっぱいの誠意をもってどんな状況にたいしても取り組むという姿勢がいかに大事か学ぶことができた。

シアーズ社については、こうして全盛期に担当させてもらって多くの教訓をえたが、世のなかの移り変わりのなかで一九九〇年代に入って経営不振となり、経営再建をすすめるなかでメインだった通信販売事業も縮小、最終的には二〇〇〇年に全廃してしまった。

役割そのものは一九九八年に設立されたインターネットによるショッピングサイト「シアーズ・ドットコム」に引き継がれている。ここでも、ビジネスに限らず何においても時流を肌で感じ、乗り遅れないよう対処していく機敏さが必要なことを教えられた。

カージャック事件

日本で車を運転しているとき、後ろにパトカーが来ると、何の違反もしていないのにいまだにドキッとする。これはシカゴでのポリスに捕まった経験が蘇ってくるからだ。

シカゴのポリスは夏はブルーの半そでシャツ、冬は日本と同じような濃紺色の制服で、帽子は制服と同じ濃紺に白と黒の格子縞が周りをぐるりと囲んでいる。これは遠くからでもポリスだと目立つようにしているからにちがいない。

　街中を車で走っている時、そんなにスピードを出していないのに、後ろからピカピカと青いライトが点滅する。と、もうおしまいだ、捕まる。アメリカでは右通行なので、右の路肩に車を止める。ポリスがパトカーから降りてきてまず免許証を確認する。ついでポリスカーに乗るよう指示を出す。当時の車はバケットシートではなく、運転席のシートもベンチ型三人掛けだ。車に乗るとポリスは私のほうは見ず、視線はじっと前方に向けたまま、右手でシートの真ん中をポンポンと叩く。最初は何のことかわからなかったが、それはようするに、今回のスピード違反は目をつぶってやるが、さあ、ここに、というジェスチャーである。当時の相場から五ドル札をシートのうえに置くと、ポリスはじっと前を見たままお金には直接目をくれず、五ドル札を掴み、スッとズボンの右ポケットにねじ込む。そして、右手をドアのほうに振り、車から降りるよう合図をする。ポリスとの示談が成立したのである。このことを知るとそれ以後、免許証入れにはかならず五ドル札を用意することを私は忘れなかった。

　その後も信号無視違反で捕まって裁判所に出頭したり、日本から来たお客さんの接待で飲めない酒を多少飲み、ほろ酔い気分でお客さんを車に載せ走り出すや捕まって飲酒運転に問われたことがあるが、このときは二十ドルで片がついた（四十年前の話で今はもう非常識になっている。誤解のないよう念のため）。

ポリスの話はこれくらいにして、シカゴに赴任してまだ一週間もたっていなかった頃のことだった。有本所長からシアーズのラボ（ラボラトリーの略、研究所）に、UL（アメリカの安全規格）テスト用サンプルを持っていくよう頼まれた。自分の車がまだなかったので、かなり年数のたったワイン色の社用ステーションワゴンで出かけた。シアーズの店舗はシカゴの目抜き通りにあるが、このラボは繁華街から離れた黒人街の真ん中に位置していた。サンプルを届けてオフィスに帰ろうとし、四つ角の信号で停まったときだった。三人の黒人青年が急にドアを開けると、「ダウンタウンまで乗せていってくれ」と言うや、ドカドカと後部座席に乗り込んできた。帰り道でもあったので、「ＯＫ」と軽く返事をして車を走らせた。しばらくすると、「そこを右にまがれ、つぎを左へ」と指示してくる。どうもダウンタウンとは違う方向だな、と思っていると、急に「そこで停まれ」と言う。車を右端に停めるや、ひとりが私の腕を握り、もうひとりの若者はいきなり上着のポケットに手を入れ、封筒を取った。三人目の青年は車のキーを抜き、草むらにポーンと投げてしまったとみるや、三人は脱兎のごとく逃げ去った。咄嗟の出来事に、車の外に出た私は一部始終を目撃したはずの住民に、「泥棒だ、ポリスに連絡したい」と呼ぶのだが、なんと街の人びとは青年ギャングのほうをむしろかばうかのように見て見ぬふりをする始末だ。結局は近くにあった雑貨店に入り、公衆電話を見つけて電話をかけ、助けに来てもらったが、これもまたアメリカに来て最初に味わった経験のひとつだった。

それにしてもその日の晩、十一時頃になって不思議なことがあった。母からふいに国際電話がかかってきたのだ。

「もしもし、徹ちゃん、あんね、昨晩変な夢みたんよ、朝起きて何か胸騒ぎしたんでね、心配でかけたんやけど、元気にしてるの?」と言う。母は霊夢をとおして事件を感じたようであった。

「夢は正夢」という言葉があるが、この世にはまだ科学的には解明されていないもの、何か「念波」のようなものが存在し、私が襲われたときも、無意識に母のことを思ったことが時空をこえて通じたということだろう。私が襲われた事件と、日本で母が見た夢が同時刻であったことも、偶然とは思えない事象であった。むろん、「念波」の存在は科学的にはまだ解明されていない。しかし、「電波」にしても、発見されていなかった時代には誰もその存在を信じなかった。電波が発見された頃の日本ではまだラジオやテレビがなかったが、今は電波のおかげで、地球の裏側の出来事もテレビを通じ鮮明に知ることができる。仏教には「善念」「悪念」という言葉がある。遠く離れていても、相手に善念を送るのか悪念を送ってしまうかによって、たがいの念波が交信し影響をおよぼすことはあるにちがいない。

黒人三人組がひったくっていったポケットの封筒も、実は母宛に書いた手紙で、投函しようと思って持ち歩いていたものであり、思えば不思議な因縁であった。ひったくった彼らは封筒を破り、日本語の手紙であることを知ってお金でなかったことから投げ捨ててしまったにちがいない。私は所持する現金は上着のポケットではなくズボンのポケットに入れていた。

この事件を知った竹永社長は「シカゴ・カージャック事件」と命名、駐在員の皆に車を運転するときはかならずドアロックをかけて見知らぬ人はけっして乗せないよう通達を出した。

フィッシャー・コーポレーション（米国）副社長就任

三洋電機はアメリカの市場に音響商品、家電商品などを主に販売していたが、いわゆるオーディオ商品に関しては購買者のブランド嗜好が強いこともあって、ほとんど売れていなかった。そんなとき、三洋とは古くから取引している丸紅から話があり、「ニューヨークにあるオーディオ商品を製造販売しているフィッシャーという会社が売りに出ているが御社が買収してはどうか」と打診してきた。このオファーにたいして、三洋グループのひとつで群馬県に本社のある東京三洋電機が興味を示し、「アメリカで三洋ブランドのオーディオ商品を製造したい」と名乗り出てきた。買収金額は五百万ドルであったと記憶する。三洋の本社幹部もオーディオ市場で三洋ブランドを立ち上げていくのはかなりの資金と時間がかかると判断したから、三洋電機貿易が窓口になってこの会社を買収することになった。

このフィッシャーはかつてはアメリカでオーディオビジネスのトップを争うブランドだったのが、後発のアメリカ、日本の企業に追いこされ衰退していった会社で、そのブランド力は中年層の記憶にはまだ強く残っていた。これは魅力だった。

新会社は「フィッシャー・コーポレーション」と命名され、本社をニューヨークからカリフォルニアに移転、この地に永く住んでいたオーディオ業界では実力のあるユダヤ系のハワード・ラッド氏が社長に就任することになった。氏は以前に米国・パナソニック社でも業績をあげ、その後三洋のロス本社でも三洋商品の販売業績をあげた実力者でもあり、副社長にはもともとラッド氏を三洋本社の幹部に推薦したロス本社の石田氏が就くことになった。

と、ここまでは順調にすすんできたはずだったが、急に異変がおき、その石田氏が日本に帰国することになったのである。急ぎ、後任者を探さねばならなくなった。すると、三洋貿易の鷹専務が、「シカゴにいる夏目はどうか、ラッド社長はテニス好きだし、夏目もテニスをするらしいから相性もいいだろう」と、意外にもかつてのテニスが取りもつ縁で私に白羽の矢が向けられたのである。そういえば鷹専務はかつて日本に来たときに、テニスでも接待ができるようにと、西宮夙川にある高級インドアテニスクラブに会員としてメンバー登録するようはからってくれたことがあった。

こうして私はシカゴからいったん日本に戻り、若干三十歳で石田氏の後任、フィッシャーのラッド社長の補佐役、営業・企画担当副社長として赴任することになった。

日本からはもうひとり財務・経理担当上級副社長として赴任した古賀氏がおり、三人がトライアングルとなって会社を経営していくことになった。その上に日本の製造部門から田畑専務が会長として就任した。

まず部署の人員の採用からはじまった。旧フィッシャーに勤務していた社員からは優秀なエンジニアを三人選びロスに異動してもらうことにした。ペンシルヴァニアにあったスピーカー製造工場は基本的には従業員をそのままにして、経理部門に日本から林田氏が赴任した。他、最初に採用にとりかかったセールス部門を統括するバイスプレジデントとしては、やはりユダヤ系のアメリカ人デービッド・キャビンを採用するなど、アメリカを西部、中部、東武の三つに分けそれらの地域をも担当する一人二役の営業・企画組織に必要とする人材を急ピッチで確保、体制を確立していった。私にとって、またもや「ゼロからの挑戦」が開始されたのであった。

その皮切りとなったニューヨークでの全米から集まるオーディオ商品の展示会に出品した折、フィッシャーの創設者であるエイヴリー・フィッシャー氏に、ラッド社長とともに面会する機会をえた。七十歳ほどの矍鑠《かくしゃく》とした紳士で、白い髪と黒くて太い眉毛のコントラストが印象的な、温厚な人柄が滲み出ていた。アマチュアのバイオリニストであったのがニューヨーク大学卒業後出版業界で二年ほど働きながら、オーディオデザインと音響効果の研究をはじめ、そこから企業を起こしていったという。

これはラッド社長に聞いた話だが、フィッシャーでは開発した新製品を発売するための販売価格をきめるとき、まずはセールスマンに、その新製品と競合する各社商品の価格の調査から指示したという。フィッシャー氏は報告を聞くと、自社の新製品を他社のどれよりも高い所に設定した。普通なら競争力のある価格に設定するのが常識なところを、彼のばあいは逆にして挑戦したのである。あくまでフィッシャーブランドにこだわって安売りしなかった。この姿勢が次第にオーディオ販売店にも受け入れられ、ますます売上を伸ばしていく要因となった。

私が出会った頃、彼は慈善事業家として、ニューヨーク・フィルハーモニックの役員もしていた。一九七三年には交響楽団に一〇五〇万ドル（三十八億円）の寄付をしたが、その後、リンカーンセンターのホールは「エイヴリーフィッシャー・ホール」と名づけられた。彼は一九九四年、享年八十八歳で亡くなった。

面談の折には、自分の子どものようなフィッシャーブランドを日本の会社が蘇らせてくれたことにたいそう喜び感謝していた。フィッシャーブランドにはツバメが音符をくわえているロゴマークがあったが、氏の意志を引き継ぐ意味もかねて、その後新会社で開発したすべての商品にもこのマークを使用することにした。

経営戦略――ゼロから始める試練

しかし、ニューヨークでのオーディオショーでは、フィッシャーの最盛期からはかなりの年月を経ていることもあって、ビジネスの中心はマランツ、ハーマンカードンなどのアメリカブランド、パイオニア、サンスイなどの日本ブランドが主流になっていた。したがってそこからフィッシャーブランドを立ち上げることも「ゼロからの挑戦」になった。私にとっては「ゼロから始める試練」を経験していくことになった。初年度の売上は約百万ドル、いうまでもなく赤字であった。

売上を伸ばして黒字経営にするには、まず魅力ある新商品を開発する必要があった。日本に帰って群馬で戦略商品開発の打ち合わせをおこなって大阪にもどり、三人のアメリカ人マネージャーをふくめて五人で、ホテルのバーラウンジで雑談を交わしていたときだった。ほろ酔い加減も手伝って、私のほうから、

「皆さん、新生フィッシャーのビジネスは、スタートしたこの時にわれわれが将来に向けどういう種を蒔くかによって、その果もきまっていく気がします。ですから、ビジネスもある種のゲームと捉え、総力をあげてこの大きなチームのなかで結果を出していこうではありま

せんか」と提案した。間髪を入れず、バイスプレジデントのキャロン氏から、
「そうだ、その通りだ。たしかに今は小さい会社だが、ここで皆が将来に向け大きな夢をもってすすめばかならずいい結果につながる」
と、前向きな言葉が返ってきた。そして、アメリカに戻ると一ヶ月かけて、フィッシャーの五ヶ年事業計画をキャロン氏を中心に作成した。それは厚さ五センチにもなる、販売計画、販売促進計画、セールス部門の人員計画に、アメリカの全土のレップ、ディストリビューターの設置計画、アフターサービスの計画、管理部門の人員計画などを網羅したもので、売上金額もまず年間売上一千億円達成に挑戦するという内容になっていた。

この計画書を受け取ったとき、よし、やるぞ！といった熱い心意気がずしんと私の心に響いた。とにかく具体的な内容なのであるから、各人の行動、考え方がこれまでよりダイナミックになり、大きなうねりとなって、その夢を掴み取る方向に向かうことは必然であった。

具体的な販売戦略として、ニューヨークのオーディオショーでえた経験から、オーディオ専門店を諦めて、キャロン氏が以前からよく知っていた百貨店にターゲットを絞ることにした。当時のアメリカの百貨店のほとんどは衣類、雑貨などが中心であり、オーディオ商品を販売しているところはほとんどなかった。そこをラッド社長は次のようなうまい喩えで説明した。

ある日、セールスマンがアフリカに靴を売り込みにいった。ふたりのうちひとりは、「おや、アフリカでは誰も靴を履いていない。このような国ではとても靴が売れるとは思えない」と判断し、さっさと帰ってしまった。もうひとりは「おや、この国の人は靴を履く習慣がないようだ。ここで売り込めば膨大な市場が開ける」と判断し、靴の快適さ、安全面など根気よく説明し、靴の販売を成功させた。

実際、当時のアメリカの百貨店にオーディオ商品を持ち込むことは、まさにアフリカで靴を売るように、ゼロの市場に挑戦することであった。百貨店の担当者レベルに、リスクを承知で扱う者はほとんど居なかった。そこをラッド社長、キャロン氏は幹部クラスと話し合いをかさねることによって、少しずつドアを開いていった。

もともと音質のよいオーディオ商品は、コンポーネントといって、アンプ、チューナー、テープデッキ、レコードプレイヤー、スピーカーなど、好みのブランドを別々に買い揃えるというのが主流になっていた。これには専門的な知識が必要であり、買い揃えると結構な金額になる。オーディオマニアにとってはこれも楽しみのひとつになるだろうが、百貨店に来る一般の客にとっては、簡単な操作で質のよい音を楽しめるとすれば、これに越したことはなかった。百貨店向けの画期的な新製品・開発が求められたのである。

その新製品を我々は「オーディオ・ラックシステム」と名づけた。価格も四百九十九ドルとした。見た目にはオーディオコンポーネントと同じ外観のそれぞれのコンポーネントが揃っているが、実は一枚のアルミパネルにアンプ、チューナー、デッキ、プレイヤーを組み込んだようにデザインし、木製のラックにはめ込んだものだ。

これであれば、アパレルが主流であった百貨店でも一度売ってみようという気になった。デビューはニューヨークとロスアンゼルスの百貨店で、それぞれの地域の新聞広告にフィッシャー・オーディオ、今蘇る」と、大々的な宣伝を打った。幸運は百貨店の客層のうちのシニア層の人たちに、全盛時代のフィッシャーブランドが覚えられていたことだった。そこへ、面倒なコンポーネント商品に興味がなくとも、プラグに接続するだけで質のよい音楽が聴けるとあって徐々に普及していった。

中南米諸国への販路拡大

アメリカ市場で、オーディオを扱う百貨店では五十パーセントの市場占有率を誇ることになったが、このことは一方では飽和状態になったことをも意味した。次なる戦略を立てなければならなくなった。

そこで構想されたのが、全米に販売の中心となるレップ制度を充実させ、辺鄙で広大な地域に点在する顧客にたいしては、ディストリビューターを配置し、販売網を構築することであった。「レップ」とは、レプレゼンタティブのアメリカの市場の各テリトリーに於いて、フィッシャーブランドの商品をその地域の顧客に紹介し注文をとる、フィッシャーのセールス代行役ということである。注文を受けると本社に注文内容をファックスで送る。商品の発送、信用枠の決定、代金回収などはすべて本社でおこなう。そして、レップが注文で獲った売上金額にたいし、コミッションを月毎に計算して支払う。

一方、ディストリビューターのほうは、訪問するにも不便な地域をカバーするため、その地域に住んでその土地のオーディオ市場をよく知っている人を選び、ディストリビューターとして契約を結んだ。このばあいは彼らが商品を我々から求めて仕入れ販売し代金回収も彼らがおこなうシステムである。

基本的にこの二つの販売組織で会社は販売網を広げていった。当初入りにくかったオーディオ専門店にも道がつき、パパママストアといわれた数多くの小売店にも販路は広がっていった。

と、なると、次のマーケットは中南米の諸国とイスラエルになった。中南米では、パナマ、ベネズエラ、チリ、アルゼンチン、ウルグアイ、メキシコ、ブラジルに、フィッシャーブランド商品の販売を任せる代理店を募集することになり、私自身しばしば現地にとんで、新しい経験を積み重ねることになった。

ウルグアイではこんなことがあった。代理店契約を結んでの現地訪問のときだった。飛行場に着くと、代理店の社長が迎えに来てくれていて、紺碧の海に真っ青な空が広がる海岸線を走り抜けて、そのままランチに招待してくれた。

ところが食前酒としてまず高級シャンパンがワイングラスに注がれ、そして前菜、スープ、パンがサーブされ、あとは次から次、ランチなのにフルコースなのだ。その間仕事の話はほとんどなく、いろんな話題に話が弾む。ふと時計を見るとなんと三時間近くもランチに費やしている。さすがに私のほうから「フェルナンデスさん、さあ、これからあなたの事務所に行って、午後のビジネスの打ち合わせをしましょうか」と言ったところ、「いや、ミスター夏目、ランチ・イズ・セイクリッド、今から事務所に行けば帰りの飛行機にまにあいませんよ」と、のんびりした返事が返ってきた。シカゴで海外勤務にはじめて就いた頃、ランチタイムでは仕事の話はいっさいしないで、いろんな会話を楽しむこともマナーのひとつにあると教えられたが、今回はラテン系の民族のあいだでは、仕事をあくせくしないで優雅に人生を楽しむことのほうが、ビジネスで金儲けするより高いランクにあることを思い知らされた。この代理店の社長にとって、まさに仕事より、素敵な環境での「ランチは聖なるものこそ」が、最高のもてなしだったのだろう。

ベネズエラに行ったときだが、このときも代理店の社長が空港で出迎えてくれた。ベネズエラは日本に比べてもかなり暑い。ここでは日焼けした精悍な顔立ちのこの社長は半そでシャツに革製ハンドバッグを小脇に抱え、暑苦しくスーツを着込んだ私たちを迎えてくれた。この点、先のウルグアイの社長を思い出したが、こちらは少しちがって、きわめて真面目に私たちときっちり商談し、帰り際にはベネズエラの銀製記念コインをお土産として渡してくれた。

アクシデントはその後に起こった。商談を無事済ませ、彼の事務所を後にして飛行場に向かった。余裕をもって出発時刻の一時間前には着いたのにガランとして人気がない。予約した飛行機はどうなっているかと英語で聞くが、ここはスペイン語が公用語で聞いた相手は英語をまったく理解できない。やむをえず私が両手を広げてぶーんと飛行機の飛ぶようすをジェスチャーで示すと、ようやく「ああ、その飛行機ならもう満席になったので離陸した」との返事が返ってきた。予約など関係なく飛行機は満席になり次第飛んでしまう。これも郷に入れば郷に従えの諺どおりで、ラテン系民族としては十分あり得ることなのだ。やむをえず近くのホテルに一泊し、翌日は二時間前に空港に行って、やっとの思いでロスに戻ることができた。それにしても世界は広い。一筋縄ではいかないものとしみじみ思ったものである。

メキシコには主に二つの販売方法があった。一つはメキシコ全土に販売権を渡す正規代理店との契約であり、この代理店にはメキシコシティに拠点を持つ財力のある、ラジオカセットレコーダー、コンパクトなオーディオセットなどを扱う会社がなってくれた。

もう一つの販売方法とは、カリフォルニアとメキシコの国境あたりから商品を密輸する方法である。といって私たちが密貿易をするのではない。アメリカ国内でメキシコ人に合法的に販売したものを、その仲介者がいろんな方法でメキシコへ運ぶというものだ。私たちとしてはあくまで合法的な取引にすぎない。

この業者から、どのようにしてメキシコ国内に商品を送り届けるのかについて聞いたことがある。ようは国境に近いプライベートな飛行場でプロペラの小型セスナ機に積み込んで、真夜中に国境を越えてメキシコ側に飛ぶこと。メキシコ側でも密輸には警戒しているので、そのセスナ機はなんと玉蜀黍畑に着陸するとのことであった。

もう一つの密輸ルートはバンタイプの車による輸送である。規定の積載重量よりはるかに重い荷物を積むため、この種の車はタイヤを普通の車のばあいの倍、つまり八個装着している。これで車一杯に隙間なく積んで、国境警備のゆるいところを狙って、これも真夜中メキシコ側に走り続けるという。

さらにもう一つ、陸ではなくボートで海から運ぶルートもあるということだった。船の表面には主にバナナなど果物を積んでいるが、その下にはぎっしりとラジオカセット等の音響商品が積み込まれている。こうして密輸業者たちは陸、海、空をたくみに使って税関の監視を潜り抜ける。

アメリカ国内では普通の取引なので、話としてはいろいろ聞いても私たちの側からとやかく言うことはできなかった。ただ代金決済はかならず前金とした。古い商品を安く仲介業者に販売するケースが多かったが、彼らにとってはフィッシャーブランドはアメリカで売れている影響もあって人気が高く、その分利益もあるということだった。

中南米のビジネスはアメリカに較べると小規模だったが、フィッシャーブランドが黄金時代に浸透させたブランドイメージは、アメリカよりはるかに強く残っていた。

年間売上一千億円——目標達成

アメリカ、中南米と成功を収めて、次にはイスラエル、さらにヨーロッパにも進出することになった。

ラッド社長がユダヤ系アメリカ人ということもあって、たとえビジネス規模は小さくともという思い入れは最初から強かった。最初の訪問は代理店候補と面接すること、市場を調査することが目的で、ラッド社長以下私をふくめた四人の旅となった。初めてということで、面接がすむと、代理店の有力候補の一社が観光案内をしてくれた。最初からウェストバンクという、第一次中東戦争でヨルダンが占領し、第三次中東戦争でイスラエルが占領、現在に至っているところで、見渡すかぎり低い丘が続く砂漠地帯であった。観光としては特に見るものもないので、砂漠の丘に戦車が並んでいるのを見て、記念に撮っておこうとシャッターを切った。すると案内をしていたイスラエル人が「おー！　ノー、ノー！」と血相変えて、私の持っているカメラを抑えた。「撮影は駄目、ウェストバンクの兵士が写真撮っているところを見たら、あなたはその場で拘束され厄介なことになる」

そういえば、イスラエル空港に到着したとき、空港のロビーに武装した若い兵士が何人も機関銃を肩に下げ、哨戒しているのを目撃した。街に入っても角々には武装した兵士が立っていた。若い女性の兵士もいて同じように自動小銃を肩に掛けていた。日焼けした顔に化粧がないのが印象的だった。平和な日本に住んでいた私には、常に戦時体制という緊張した意識など皆目なく、ここでもまた知らない世界を知るきっかけとなった。こうして海外の地域でもなかなか行けない場所を訪れることができたのも、フィッシャービジネスのお陰であった。

五ヶ年の事業計画をたてたことについてはすでにのべた。この計画を具体的に推進するための核になったのは百貨店戦略だった。なかでもニューヨークに本社がある世界最大のメイシー百貨店で、フィッシャーブランドのオーディオ商品の販売が予想以上に伸びたとき、今こそ手を打つチャンスと、全米の三千万世帯を対象に新聞折込チラシを三千万枚刷って勝負をかけたことがあった。結果計画は功を奏し、飛躍的に販売を達成することができた。それを保証したものは、消費者側からみて買いたくなるような魅力ある商品内容であり、価格も消費者の手の届くところに設定したことにあった。「誰に、何を、いくらで、どれだけ販売するか」をよく見据えた計画の成果であった。

販売網が確立していくと、次に必要になったのは、一顧客当たりの販売額を上げていくことであり、このために商品の種類を増やすことと、既成商品の内容をアップグレードすることであった。

気がついたときには、計画書作成の時にははるかに遠くに見えていた年間売上一千億円を軽く突破、このとき抱いた夢はまさしく正夢になっていたのである。

年間売上二千億円達成――日本に帰国

カリフォルニア・サンフェルナンド・バレー、ここの生活にも慣れ、会社も順調に業績を伸ばしてきたが、すでに赴任後六年が過ぎていた。

はじめてシカゴでの海外生活をはじめて一年目に久美子と結婚、シカゴのダウンタウンから車で北へ約三十分のところでアパート暮らしをはじめてからも十年が過ぎていた。その間太一と公喜の二人の男の子にも恵まれ、カリフォルニアでは会社から車で十分ぐらいのところにあるタウンハウスに住んで、二人ともフェイスパプティストスクールというキリスト教系の学校に通うようになっていた。正確には二十五歳でシカゴに四年半駐在し、ロスには六年半居たので、十一年間アメリカに住んだことになった。そこで私の後任としてやってきた本田君と三ヶ月ほどかけて引き継ぎをすると、一九八〇年春、私たち家族四人は晴れて日本に帰国した。

三洋電機貿易の本社に出社すると、住友銀行から専務取締役として出向していた柳本専務から、「おー、夏目君、お帰り。おや！　アメリカ帰りで何だかちょっとバタくさい感じになったな」といきなり冷やかされた。自分ではまったく意識していなかったが、十年以上もアメリカ暮らしをしたとなると、その土地の環境や気候の影響も受けて、振舞いや雰囲気、話しっぷりなどにも、微妙ないわゆるアメリカナイズがあるかも知れなかった。

日本では北米営業部のフィッシャー営業課に戻った。ここでは私を責任者として、その下に入社してまだ二年の男子社員が二人、女子社員も新人社員三人とベテラン一人で、私をふくめた七人がフィッシャーの営業を担当することになった。この部署の平均年齢は二十四歳、少人数なので人件費も低く、売上規模、利益確保の面からみても、かなり効率よい部署だった。

フィッシャーのほうでは本田君が私たちの窓口になり、私と六人の社員が日本側でやり取りし仕事をすすめる。本田君はやり手で、ラッド社長はじめ現地のスタッフともうまくこなし、新商品の開発にも拍車がかかり、商品ラインナップも充実していった。

この結果を得ることができたのも、かつてラッド社長率いるキャロン副社長と営業スタッフが、この大阪の今はなくなったがプラザホテルの最上階にあったラウンジで話し合って、事業計画づくりの構想を立てた、そのときに植えられた「黄金の種」が〈因〉となり、いろんな〈縁〉を得て成長し、たくさんの実〈果〉を結び、フィッシャー黄金時代をもたらしたのだと思うとやはりうれしかった。「人が願うことはそれが本気であれば実現する」ということを、フィッシャービジネスを通して実体験できたからであった。

後年、ラッド社長は米国オーディオ業界での功績が認められ、名誉あるコンシューマー・エレクトロニクス・アソシエーションより「オーディオ・ホール・オブ・フェイム（オーディオの殿堂）」のメンバーに認定されたこともここに書きつけておこう。

再び海外生活――「フィッシャー英国」を立ち上げる

本社勤務も五年たち、ようやくアメリカ臭もなくなったかなと思いはじめた頃だった。ロスの鷹副社長から突拍子もない相談を受けた。

「夏目君、今回はひとつイギリスにとんで、現地でフィッシャーの新会社を立ち上げてくれないか。君の右腕になる者を誰でもよいから人選して一緒に連れて行ってくれていい」

人事までも私の一存に任せるというのだから、鷹副社長の度量の大きさにあらためておどろいた。そこで誰にするかとかんがえ、すぐ忍久保君がいいと思った。彼は入社すると輸入課に配属され、その後企画課で仕事をしたあと、アメリカのロスに赴任し三洋ブランド商品の企画担当として五年ほど駐在し、日本に戻っていた気鋭の社員で、今は同じフロアで三洋商品のアメリカ向け輸出の担当をしていた。人柄もよく熟知している人物である。応接室に呼んで切り出すと、彼も「ええ！　冗談でしょ！」と面食らった表情をしていたが、翌日になると、「私を選んでくれてありがとうございます。一緒に行きます」と快諾してくれた。それにしても今回はトップとして赴任するのである。アメリカ時代の経験から、相手と対等に話をするには仕事一辺倒ではなく、日本人としてしっかりしたポリシーを身につけねばならないとかんがえ、出発前に仏教の初歩的な本を三冊購入し俄勉強をはじめた。結果的に、このときのこの思いつきがのちの私のなかの真如密教信仰に繋がっていく。

ともあれ、そうなると、家族の住むところなど生活することから準備しなければならない。早速二人はブリティッシュエアウェイでイギリス・ヒースロー空港に飛び、連絡しておいた三洋丸紅（英国）の社長の出迎えを受けた。この会社はロンドンから北に伸びているM１道路を約二十分のオッターズプルというところにあったが、新会社設立準備事務所はこの会社の一室を借りてスタートすることになっていたからである。

実をいうと、本来ならこの会社の一部門として、フィッシャー英国をスタートさせれば万事都合がよかったのだが、このときこの会社は赤字経営に陥って、累積赤字は二十億円にまで膨らんでいた。このため鷹副社長は赤字会社とは切り離し、私と忍久保君を送り込むことで、イギリスでのビジネスを少しでも挽回しようと図ったのである。私としては、これまた「ゼロからの挑戦」であった。ただそのためには吹石社長とは密接に連絡して相談することもあり、同じ建物のなかに事務所を置くことは都合がよかった。

まず、フィッシャーとして、営業のトップを採用しなければならない。ヘッドハンティング会社に依頼し、面接をくり返した結果、最終的に日立（英国）でオーディオの販売を経験したことのあるキース・ハリソンという四十五歳の男性を採用した。管理部門の責任者には同じく三十五歳のインド人男性、モハメッド・シンを採用した。

ところで欧米では、日本の会社のように人事部が人を採用して各部署に配置するのでなく、それぞれの部門の長が、自分が必要とする人材を人事担当が用意したなかから選ぶか、自ら採用したい人材を探す。今回のばあいは日本と欧米の折衷案として、マネージャークラス以上の面接には社長の私も加わることにした。ラッド社長の影響もあるが、私のなかにはたえず会社の従業員は一つの大きなファミリーという捉え方があるからで、できれば採用するすべての人の面接に参加したい気持であった。

一ヶ月ほどで新会社の業務が始められるだけの人員はそろった。二十人ほどであるが全員フレッシュな気持でいいメンバーである。キース・ハリソンは販売チャンネルを大口アカウント、小売店に分け、それぞれにセールスマネージャーを採用した。欧米では仕事に関しては、一生のうち仕事のできる年齢のあいだに四、五回変わるのが出来る男の証となっていて、はじめの仕事で実績を上げ、次の仕事で収入のアップと肩書きのランクアップを狙うという具合である。今回もマネージャーの採用では引き抜きになったが、逆にこちらの会社から引き抜かれるというケースもあった。

イギリスではフィッシャーブランドには高級イメージがまだ残っており、その利点を活かして大口アカウントには広告費の援助、ボリュームディスカウント（一定期間にたがいに取り決めた取引金額を大口アカウントが仕入れたばあいの値引率を決めてその達成後に約束した値引分を支払う契約のこと）等の戦略を立て、小売店向けには、大口アカウントへのアプローチとは異なり、その月に販売したい商品に何かプレゼントをつけるとか、複数商店の抱き合わせ販売で値引をするというキメ細かい対策を毎月おこなった。この戦略の実践で少しずつ芽を出し、事務所は間借りながら、社員も五十名近くになり、無駄な経費を省くなどの努力も手伝って、小規模ながらここでも黒字経営の基盤が出来た。

会社の合併——赤字会社を引き継ぐ

事務所を借りている三洋丸紅は十数年のあいだに販売基盤を築き、物流倉庫が全英に五ヶ所、本社をふくめ営業所が三ヶ所と、八ヶ所もの建物を持っていた。だが、英国の家電商品流通形態が大型量販店主体になってくると値下げ競争が活発になり、そのうえに韓国や台湾などからの安い商品も出廻るようになって値崩れが起き、にっちもさっちもいかない状態に追い込まれていた。

一年ほど経って日本に一時帰国していたときだった。またも鷹副社長から声がかかった。

「夏目君、三洋丸紅をフィッシャーと一つの会社にして、君が社長になって経営建て直しをやってくれないか」

まったくの急な話であるうえに、二つの会社を合わせると三百三十人の大所帯になる。これでは荷が重すぎると一瞬躊躇したが、ここも鷹副社長からの鶴の一声であるだけに、「はい、わかりました」と十分にかんがえるいともないまま諾の返答をしてしまった。若干四十歳で大きな仕事を任されることに、私はこのときも「何か新しいことを一からやる」ことのみずからの宿命を感じとって、密かに覚悟をきめた。

吹石社長も赤字のまま日本を去るのには無念な気持があったろう。しかし、その言葉はいっさい口にせず淡々と引継ぎをやってくれた。私がシカゴに駐在した頃の北米営業部の高峰課長、私の上司だった有本所長に続いて、この吹石社長も同じ同志社大学出身であり、ここでもまるで数珠でつながっているような不思議な縁を感じていた。ともあれ、すぐ対策を立てねばならない。私はアメリカでラッド社長直伝の経営スタイルをベースとして、英国現地での幹部と日本からの駐在員、丸紅から駐在している人たちで膝突き合わせて会社立て直しの策を練り合わせた。

アメリカのフィッシャーが二千億円の売上を達成したときの従業員は百九十人であった。イギリスの三洋はフィッシャー部門を合わせ三百三十人を抱えていた。しかし、売上額はその十分の一にも達していなかった。

こうなると先決は、販売額は当面横這いもしくは漸増として、経費を大幅に縮小することが第一課題となる。五ヶ所あった物流拠点を二ヶ所に集約し、営業拠点三ヶ所をすべて本社に集めることにした。人事部は担当するシン部長と打ち合わせ、各部門の長に削減する人数を言い渡し、当面二百人とした。赤字会社だからやむをえないとはいえ、解雇される人の多くは家庭持ちであり、これはほんとうに辛い仕事だった。

次が社用車だった。

三百人の従業員でなんと百台もリースしていた。三人に一台とは日本、いやアメリカでもかんがえられない状態だった。これを三十台に削減する決断をした。イギリスには長い慣習として採用する一つの魅力的な条件として社用車があたえられるというものがあり、これが一つのステータス・シンボルとなっていた。営業部門のみならず、マネージャー以上の肩書きには皆、会社の車がその人専用にあたえられたのである。しかし、それが赤字累積の一つの要因になっていたことは確かであった。

一方で、会社の顔である正面玄関をリフォームし、明るくて新しいイメージを出すようにした。社員が出入りするにも、お客さんを迎えるにも小綺麗で明るい玄関はイメージアップに役立った。

社員食堂はイギリスではキャンテーンと呼ばれているが、この食堂も古くなったまま使われており、まるで暗い倉庫のような感じだった。ここも内装を明るい基調の壁紙に、テーブル、椅子なども新しくし、清潔な厨房につくり変え、食事をサーブするカウンターを明るい照明とし、料理がおいしく見えるように工夫を凝らした。さらに何十年ものあいだ手つかずで荒れ放題になっていた百六十平米ほどの平屋の建物が本社ビルの裏庭にあった。ここを改良して、社員のリクリエーションの場、オアシスのようなところにする案をたて、ビリヤード台、卓球台などを購入、パブコーナーもつくり、ここを「サンヨーメンバーズパブ」と名づけ、ビール、ウィスキーやスナックを売って、運営費用に充てることにし、その運営はすべて従業員に任せた。そのうえで残留した従業員を集め、「もうこれ以上の解雇はない。これからは皆一丸となって会社の再建に取り組んでいこう」と訴えた。こうして、会社がスリムになった頃から販売のほうも体力をつけはじめ、徐々に実績を伸ばしていくようになった。

ここでイギリスでの「SANYO」ブランドが地に落ちていくことへの危機感をもった私たちは、二つの方策を講じた。一つはテレビコマーシャルを実施することであった。広告会社と打ち合わせをし、日本の技術、高品質をアピールする意味をふくめて、葛飾北斎の有名な荒波の絵をイメージしたコマーシャルを製作、全英に放映した。二つ目はロンドンの中心のピカデリー広場のもっとも目につく場所に「SANYO」のネオンサインを掲げることだった。ここは人気があり、コカコーラなど大手企業の広告が占めていたが、うまいぐあいにたまたま空きが出たと広告会社から連絡が入った。年間一億円の看板広告料となったが、今この時に手を打たねば英国での「SANYO」ブランドは立ち直らないと判断し、日本の本社に申し入れ、コカコーラと肩を並べて真紅に輝く「SANYO」電飾サインが点じられた。

だが、英国では、米国のフィッシャー時代のラッド社長のような優れた人材に恵まれず、とにかくコツコツとやっていく他に名案はなかった。二つの広告も背水の陣の要素が濃かったが、再建の兆しは地味にではあるが見え始めた。

三洋グループの組織変革

その頃、日本側では異変が起こっていた。私たちの親会社である三洋電機貿易は売上を大きく伸ばしており、八千億円にも達していた。そのうちの二千億円はフィッシャー（米国）が占めていた。三洋グループ連結の売上のなかでも、子会社ながら貿易会社の比率はきわめて高いものとなっていた。子会社が親会社より業績を伸ばしてきたのだ。ここに至って、このタイミングを重要な時期と考えた三洋本社は、国内販売担当責任者の専務を貿易会社の社長として送り込んできた。それにしても日本国内の営業と、世界を相手の海外に向けた営業とは、方法がまるで異なっている。海外経験がなく英語もまったくできない人が貿易会社の社長に就任するのは、三洋本社としても大きなチャレンジだったとは思うが、この人事異動で鷹副社長もトップの座につくことなく相談役に退いた。

次に、米国フィッシャーにも日本国内の財務担当専務で海外には縁のなかった人を会長として送り込み、ラッド社長を退陣させた。かくてこの頃から三洋グループの大きな山は少しずつ変化していく予兆を見せはじめた。

新しく貿易会社の社長に就任した社長は、まず海外の主な地域から訪問をはじめ、アメリカ、ヨーロッパを回りイギリスにやってきた。社長を送り込んだ本社の目的は、貿易会社を独走させるのではなく、三洋グループのやり方でまとめていくことにあった。

ある日の夕方、的場社長とロンドンのダンヒル本店に立ち寄ったとき、「夏目君にはこんなネクタイが似合うだろう」と、ダンヒルの赤と紺のストライプ柄のネクタイを買ってくれた。社長として海外の新しい部下に思いやりを示してくれたのだと思ったが、仕事の本題に入ると、鷹副社長やラッド社長に叩き上げられた私のかんがえと、日本国内で培った的場社長のかんがえ方とは、まったくといっていいほど相容れないものとなった。

私はアメリカでフィッシャーのビジネスを蘇らせたときのように、会社再建五年事業計画を提出したが、社長は、「五年はかかり過ぎるよ。赤字を早い時点で解消していく事業計画を立てるよう再検討してもらいたい」と迫ってくる。会社の減量はできたが体力をつけるにはなおしばらくは時間を要するという私のかんがえに、三洋本社からの指示があったのか、私の再建計画は時間がかかると聞き入れてくれない。頑固な性格の私は相手が貿易会社の社長であろうと、自分が正しいと思ったことは曲げないで主張した。

的場社長はイギリスを離れる際、「もう夏目は日本に戻って来ても昇進はしばらくない」と捨て科白を残して日本に帰っていった。

今になって思えば、的場社長としても三洋本社に残っておれば専務からさらに昇進していく機会があり、それまでの経験とは畑違いの貿易会社の社長を命じられたことは不本意で、なんとか短期間で海外の不採算部門を改善し、その実績で本社に戻ろうとこれまでの経験をもとに大鉈を振りかざしてきたのだろう。頑固な私のほうにもアメリカ・フィッシャーの成功、イギリス・フィッシャーを立ち上げたことで多少の慢心があったかも知れない。社長の置かれた立場をよく理解したうえで円満に解決していく方法もあったと思うが、そのときの私は自分は正しいと思い込んでいた。ことの結果が的場社長の捨て科白にまでなったのだろうが、しかしこのこともきっかけになって、年齢的には人生の折り返し地点で、人生最大の「ゼロからの挑戦」の幕開けになったのだから人生やってみなければほんとうにわからないものだ。

結局私は三年半の駐在でイギリスを去ることになった。ちょうど四十二歳の厄年になっていた。

イギリスで真如密教の教えを知る

一九八五（昭和六〇）年の始め、私と忍久保君は単身で赴任し、夏になって家族を呼び寄せた。そのとき妻の久美子から、「太一の学校のお友達のお母さんである滝谷さんから「真如苑」に入信するよう誘いを受けて、家族入信したよ」と告げられた。私も渡英に際して仏教の本を三冊購入していたので、特に違和感はなかった。もともと私も久美子も信仰には関心がうすいほうだったが、「滝谷さんがおっしゃるにはこの教えには施餓鬼供養というのがあって、亡くなったご先祖を密教の方法で確かに供養できるということだったの」といわれて、それなら私もいいではないかとこのときは気楽に思った。

そういえば私は小学校三年生のときに芦屋に引っ越したが、いつも通る道より一つ東側を下っていったところにりっぱな屋根のある大きな屋敷があり、これがのちに、「真如苑関西本部」になった。

と、久美子からは聞いたが、当時真如苑はイギリスにはまだ精舎がなく、個人宅でやる家庭集会に時々参加することにした。集まる人は私と同じ駐在員家族が多かった。密教の話そのものはよくわからなかったが何か心に安らぐものを感じた。そのうち一年ほどたって、忍久保君の一家とフランスまで車で行ったとき、パリの十六区の閑静な住宅街にあった真如苑フランス精舎の霊能者に対座し、初めて「接心修行」なるものを体験した。その後「接心」を受ける度に、何か心のなかが清々しくなるのを感じていた。

それが今四十二歳になって、マラソンでいえば人生の折り返し地点に立って、日本側本社である上司と激しく意見がくい違って、この先自分の人生をいかにして有意義にしていくかをかんがえるようになったとき、フワーッと碧いガラスの地球が私の右肩のうえに浮かんできた。はて、これは何を意味するのかなと不思議に思った。しばらく日が経ってひとりで静かにしていると、やはり右肩に、やさしく触れるように碧い美しい地球がジッと私の傍に感じられた。今ここではこれ以上は語らないが、このような体験は真如苑フランス精舎で接心修行を受けはじめた時からはじまった。

二度目のシカゴ・四度目の海外駐在

イギリスから離れて数ヶ月、私は日本の貿易本社に在籍していたが、ある日上司から、「アメリカでは今度新体制を築いていく。全米を三分割し、その中部地区の責任者を夏目君にやってもらう」という辞令を受けた。

この辞令をもらったとき、海外駐在はもうこれで終わりにしようと思った。イギリスで感じた「碧い地球」のメッセージに何か強く感じるものがあり、「いずれ近いうちに独立しよう」と心のどこかで決めた。

いうまでもなくアメリカの組織も三洋本社の大きな介入を受けていた。三洋本社から来た滝山会長は的場社長同様海外経験がなく、しかも高齢者であった。彼はアメリカで売上を伸ばすことよりも、三洋本社で培った財務経験で、いかに経費を削り経営を立て直すかを命題としていた。そこで赤字経営に陥っていた現地法人の一つ、三洋アメリカインク社をフィッシャー社と合体させ、経営の健全化を図ろうとした。三洋インク社もフィッシャー社同様、「レップ」という販売代行会社を全米に置いていた。

滝山会長はまずラッド社長、三洋インクのバイロン社長を退陣させ、「三洋・フィッシャー（USA）」を新設、新社長には三洋電機貿易から高原課長を就任させた。その組織下で、東部、中部、西部と全米を縦割りして、東部には私の後任でフィッシャーの副社長だった本田君、中部が私、西部には三洋インクで商品企画を担当していた細田君が就任した。

そのうえで滝山会長は、これまでユダヤ系アメリカ人をトップに置いて経営してきた組織を、日本国内の販売組織風に塗り替えていった。

三洋の屋台骨が崩れていく第一歩が始まった。新体制により、これまでの販売の中核であったレップを首にして、三つの自社の販売組織に切り替えようとするのであるから、当然のことながら首を切られたレップは、これまで彼らが築きあげてきた販売の暖簾権を主張してきた。手切れ金で解決するレップもいたが、折り合いがつかず訴訟に発展するケースもあった。「郷に入れば郷に従え」の諺があるが、文化、習慣、言葉、気候などまったく異なるアメリカに、日本からやってきたものがトップになって指揮を執ることは容易なことではなかった。かつて生き生きと働いていた現地社員も、日本人トップの顔色をうかがうばかりになってしまう傾向があった。

私は中部の責任者の辞令を受けたが、東部を任された本田君にはニュージャージーに三洋インクの家電部門の事務所があり、人材もほぼ揃っており、西部の細田君は三洋フィッシャー（USA）本社のなかに支社を置いたのでやはり手のかかることはなかった。

私だけが建物もなければ人材もなかった。ゼロから立ち上げることになり、ここでもまた「ゼロからの挑戦」をくり返すことになった。

社屋を探すことからスタートした。販売規模からみて事務所、倉庫で二千平米近い物件が必要だった。ほぼ一ヶ月かけて探し歩き、シカゴのダウンタウンから北に車で三十分のところにようやく見つけ、経理担当としてフィッシャーのスピーカー製造のペンシルヴァニア州・ミルロイ工場にいた衛藤哲君が転勤でこちらに来てくれたので、彼を右腕に新会社を半年間で立ち上げることにした。実際にマネージャー以上には個室を十室用意、建物中央部にはマネージャー以外の従業員用の八十人分のデスクを配置、すべてにPCを設置などして人員の採用をはじめ、半年経って予定の七十%を揃え、三洋・フィッシャー中部支社を始動させた。まったくのゼロスタートだったことから、東西の販売会社に比べて売上成績が追いつかず、毎月の本社での販売実績発表時には肩身の狭い思いもしたが、その思いをバネにしてセールス一同発奮し、一年後には東西の販売会社とほぼ肩を並べるくらいの販売力をつけていた。

さらば三洋電機、私を鍛えてくれた海外生活

今度の海外生活は私としてもかんがえるところがあり、単身赴任であった。ちょうど販売会社として体裁も整い、実績もよくなった頃であった。日本に居る久美子か

ら一枚のファックスが届いた。内容は、東京にいる友人が関わっている会社で男性の人材を探していて、「あなたのご主人を推薦したいがどうでしょうか」といってきたというものだった。

折から三洋を去る決心を固めつつあり、タイミングもあったので、「いよいよそのときが来た」と心のなかで思った。直後に日本に一時帰国する機会があったので、東京に行って、その会社の社長細田氏と面談した。この会社の母体は不動産業だが、その傘下に別会社として美容関係の会社を設立していた。しかし、不動産業とは畑違いな業種だけに、組織を統括する新たな人材が必要ということだった。

妻・久美子と徹底して話し合った。ネックは美容関連が私にとってもまったくの畑違いなことだった。でも、だからこそこれは同時に、まったく新しいかたちの「ゼロからの挑戦」であるには違いなかった。久美子も背中を押してくれた。三洋を離れる決心をした。まず、シカゴ時代から上司としてお世話になった有本取締役に辞職する旨の手紙を出した。

人生半ば、マラソンでいえば折り返し地点を通過するタイミングだった。

思えば二十五歳でシカゴの所長補佐になり、三十歳でフィッシャー（米国）の副社長、四十歳でイギリス・三洋丸紅（英国）社長と社会的に恵まれた道を歩んできた。

しかし、よくかんがえてみると、確かに仕事に熱中し頑張った自分もあったが、仕事のすべてのベースとなったのは、「三洋」の看板と資金力であった。この看板をはずして、いったい自分だけの力でどれほどのことができるかは未知数だった。それだけにこれまでも「ゼロからの挑戦」を強いられてきたが、これからはじまるのは、自分にとっては大きな賭けとなる。すべてを自分の背中に背負っての「ゼロからの挑戦」だった。結局、それまでに経験した「ゼロからの挑戦」はこの大きな決断をする上で大いに役にたった。

長いあいだお世話になった有本取締役からは退職をかんがえ直すよう返信で説得もされたが、最後は私の意志を尊重してもらい、四十六歳で去ることになった。

このとき最後の海外駐在となった三洋・フィッシャー中部支社は、設立から二年で従業員百名となり、アメリカ中部での販売をしっかり支えるだけに育っていた。

本社人事本部長に退職願を出し、私が辞める動機のひとつとなった的場社長にも挨拶をし、会社を後にした。

新たな挑戦へ——脱サラの時代

若者よ　海外に目を向けよう

私は二十三歳で三洋電機に入社、貿易会社に出向、二十五歳でシカゴに駐在した。その後カリフォルニア、ロンドン、二度目のシカゴと合わせて十八年間海外に住むことになった。思えば「井の中の蛙、大海を知らず」という諺がある。また、「百聞は一見にしかず」といわれるように、いろんなものを吸収し学んでいくことを積極的にすすめる言葉もある。

私が十八年間で経験したことは、辛かった時、苦しかった頃はむろんあったが、日が経つにつれ、意外とそのような負《マイナス》の記憶は薄らいでいき、楽しかったこと、嬉しかったこと、感動したことの多くの記憶ばかりが蘇る。記憶に刻み込まれているということだろう。見えない〈羽〉をもらって小さい日本から世界へ飛び立ったという感じで、十八年は長いようだがとても短い気もする。

たまたまＮＨＫの「鶴瓶の家族に乾杯」という、地方のさまざまな暮らしのなかの家族のありように触れていくルポルタージュの番組で、ある日、農家の前に青いバケツがあって、中の二匹の亀を眺めていた。バケツのなかには五センチほど水が入っており、一匹の亀が呼吸するときにはもう一匹の亀の甲羅に乗ってする。鶴瓶が農家の人に、「この亀さん、この中でどのくらい飼ってるの?」と聞いている。「そうだね、かれこれ二十年くらいかな」鶴瓶がびっくりして、「へえ、こんなせまいところにね。一度外に出して広いところで遊ばせたらどうでっしゃろ」といって、そのバケツを持って近くの小川の流れている土手の草むらにいき二匹の亀を放した。と、亀のほうはまるでようすがわからないでとまどったのか、手足を甲羅のなかに引っ込めてジッと動かなくなった。亀にとっては青いポリバケツのなかが安住の棲みかであり、この外の世界は、想像のつかない恐怖を覚える場所だったにちがいない。じっとしておられてはどうしようもないので、鶴瓶は「こら、あかんわ」とバケツに戻すと、亀はすぐゆっくり首と手足を伸ばしてバケツのなかを動きまわっていた。

亀にとってはバケツのなかにいて幸せならそれはそれでもいいが、しかし私たち日本人としては、この狭い島国だけで安住するのはどうももったいない気がする。

長いあいだ鎖国をしていた日本も、バケツのなかのこの亀に似た状態ではなかったか。十九世紀なかば浦賀へアメリカのマシュー・ペリー率いる黒船が来航し、日米和親条約が締結され開国するに至って、やっと日本はスポンジが水を吸うように欧米はじめ多くの国の文明を学び、日本の文化と融合し開花させていった。

今の日本の若者は海外にまで出て苦労をしたくない。日本に住んで何の不自由もないので安心、安全に暮らせることで満足している。これではバケツのなかで安住している亀と同じだろう。小さな島国で、天然資源も乏しい日本は若者の知恵と力がたいせつな資源である。私も中学時代に英語に興味を覚え、十九歳のときに海外に行ってみたいと願望を持ち、結果十八年間も海外で生活することになった。この期間にいろんな国で得た体験が、やがて自分の内に潜むダイヤモンドを掴んでいくひとつの土壌となった。

若者の皆さん、井の中の蛙で終わることなくチャンスを見つけ、日本から世界に羽ばたいてほしい。そして、海外で見聞を広め、さまざまなことを吸収し、それらを未来の日本、さらに世界のため役立たせてほしい。このように役に立っていくことも、若者ひとりひとりが秘めている内なるダイヤモンドを見つけ磨いていく、人生での素晴らしいチャンスとなる。

転職——最初の挫折

シカゴから日本に一時帰国したときに東京で面談した細田社長とは、その後もシカゴ・東京間で何度かやり取りし、転職するにあたっての諸条件について覚え書きを交わした。

この会社は「ピュアリイ・ジャパン」という、美顔器の、東京を中心に大阪、名古屋などの主要都市に美容サロンを持ち、会員制でビジネス展開する会社で、私は専務取締役として採用された。

子どもたちの関係もあり、単身で東京・三鷹の２ＤＫマンションに住むことにした。

それにしても、三洋グループ、二万人の組織のなかで仕事をしてきたのが、いきなり社員五人の零細企業で働くのであるから、気分転換だけですまされるものではなかった。アメリカでのフィッシャー時代は副社長、イギリスでは社長、二度目のシカゴは支社長と、管理職の立場にあった私は、客先のアポイントで電話をかけるときもコピーひとつとるときも、すべて秘書がやってくれていたので、小さな組織で仕事をするうえでは、そのひとつひとつが大きなカルチャーショックになった。自分では意識しないつもりが、何かぎこちないものになった。広い海にいた亀が逆にいきなり青いバケツに入れられた感じだった。私の常識が従業員の常識とはかけ離れていた。従業員の常識が私には理解できないところがあった。しかし仕事自体は三洋時代の経験を活かし、順調に伸びていった。それでも社員たちとのあいだの齟齬は結局埋めることができず、彼らの不満となって、わずか一年でこの会社を離れることになった。

新しいはずの「ゼロからの挑戦」が、スタート時で躓いてしまったのである。一年間の出来事を逐一反省しながら、あらためてどんなときも相手の立場に立ってかんがえ、相手の目線で話をよく聞くことのたいせつさをしみじみと思った。

しかし退職したのであるから、これでは家族を養うことができない。必死の仕事探しがはじまった。手持ちの貯金を取りくずし当座の生活費に宛てたがみるみる減っていった。人材斡旋会社にも登録し何度か面接もした。しかし、相手会社の必要とする人材と私の仕事の経験がなかなかマッチせず、まとまるにはいたらなかった。

そんな不安な日々を過ごしていた、ある日のことだった。ひとりの中国人男性から意外な話が持ち込まれた。彼は男だが、美顔器に興味を持ち、「ピュアリイ・ジャパン」の経営する東京・目黒のサロンに来ていた。男性客はほとんど来なかったこともあって、私はこの中国人・陳氏と親しくなっていた。この陳氏がある日、年の頃四十歳ほどのひとりの中国人女性をサロンに連れてきたのである。色白卵型の顔つきをした女性で、金縁フレームのめがねをかけ、髪はきりっと後ろに束ねていた。見るからに賢そうな品のある雰囲気をもっていた。

彼女の日本での目的は、中国でテレビを製造するために必要とする部品の供給先を探すことであった。陳氏はそのアシスタントとして中国から来ていたのだった。

「ピュアリイ・ジャパン」を辞めたあとも、私は何度か彼らと会っていた。その王さんからひとつの打診を受けたのである。

「実は、日本でテレビ部品を調達するための会社を設立したいのだが、日本国籍でないと代表者になれない。もし、あなたにその気があれば、この設立する会社の代表取締役になってくれないか」

私にとって、まさに、「渡りに舟」であった。

中国人との会社設立──「三人寄れば虫になる」

仕事を引き受ける条件も待遇も、ピュアリイ・ジャパンの時とほぼ同じにしてもらい、私にとって、またしても「ゼロからの挑戦」になった。

まずは社名を決めることからはじまった。中国側からもイメージのよいことで好感度の高い富士山をつかうことにし、「富士ジャパン」と命名した。

オフィスは、シカゴ時代とはおよそ規模が違って小じんまりしたものとなったが、東京の郊外に2LDKのマンションを見つけて、事務機器などスタートするのに必要最小限のものを準備した。女子事務員二名も採用し、この小さい会社は産声をあげた。実質的な代表者はむろん王さんだが、先にのべた事情から、私が代表取締役・社長となった。この会社は、中国政府管轄のテレビ製造会社の紐付きであったことから、私の最初の仕事は、王さんに連れられて中国の会社幹部に引き合わされることだった。そのために中国を訪問することになり、妻の久美子も同行することになった。

思えば二人とも中国の天津生まれで、しかしまだ生まれ故郷には行ったことがなかっただけに、ぜひこの機会にと思い、旅行の日程にも天津を入れることにした。会社幹部との面談は無事に終わった。さて、天津に向かったのだが、母から聞いて思い描いてきた天津は、地名番地もろともすっかり変わっているようすで、生まれた家の側に細い川が流れていたとも聞いていたが、その川も埋め立てられ広い道路になっていた。中国は国家体制そのものも変わって新中国になったのであるから、それは当然のことなのだが、私たちには少々寂しい気持も残してこの街を去ることになった。

思えば私は終戦の年の前の年一九四四（昭和十九）年九月、この街にあった英国の租界の住居で生まれた。家族のほかに、私の子守で二十歳ぐらいの当時アマと呼ばれていた女性に、料理人、運転手などの使用人もいっしょに住んでいたという。住居は英国スタイルの三階建ての堅牢な建物であり、芝生の広い庭があった。車はアメリカ製の黒塗りのクライスラー社のセダン車。というのも当時父は士官学校出の陸軍大尉で、汪兆銘政権の時代、政治顧問という役職でこの地に赴任していたからだ。車は政治顧問専用車として使用して、家にはグランドピアノもあり、幼児の私は足でピアノの鍵盤を踏んで遊んでいたと聞かされていた。そして敗戦となり、両親は天津時代に蓄えたすべての財産を残したまま、三歳になった私を抱いて逃げるようにして日本に引き揚げた。あのとき、私を育ててくれたアマがそのまま私を引き取っていたとしたら、私は中国人になってこの街のどこかに暮らしていたのだな、と、天津のホテルの一室でしみじみ思った。

中国では電化も進んでおり、カラーテレビの需要も大きく伸びつつあった。私の仕事は、テレビの部品を日本のメーカーから仕入れて中国のテレビ製造会社に輸出することだったが、先の美容関係と違って、こちらは私の三洋時代の経験も活かされるだけに、仕事にたいする違和感はまるでなかった。国内の多くの部品メーカーを訪問し、買い付け交渉も順調に進んで、会社の売上も増えて利益も出るようになった。

ところが一年ほどたったある日のことだった。王さんから、

「夏目さん、中国の本社から、これからは私が社長になって経営していくようにしてもらいたいとの連絡があった。これまで頑張ってもらったが、本社の意向に沿ってやっていかねば私が首になるから許してほしい」

といわれたのである。ようするに、日本に法人をつくり、部品調達の目処がつけば、もう日本人の社長は要らないということであった。王さんは申し訳ないと何度もいって、「夏目さんならきっと独立してやっていける」といったが、根拠があるわけではなかった。中国人にうまく利用されたと思ったが、一年間の収入だけは保証してもらえた。

日本には「三人寄れば文殊の知恵」という諺がある。それにたいして中国には「三人寄れ

ば虫になる」という諺があるらしい。十三億人以上もいる中国では、ひとりが生き延びていくうえで、日本とは異なる関係が生まれたということだろう。私がやめてしばらくたって、陳さんも王さんから離れていったという話を聞いた。諺のとおりたがいに虫になって離れていったのだ。彼らを責める気持がないといえば嘘になるが、顔や姿が似ていても、国によって考え方の違いがあることをまた新しく学ぶことになった。

三洋を離れ、心機一転するはずの東京で、たった二年間の間に二つの会社を経験し二度とも挫折の憂き目にあった。はたしてそれを助走期間で終わらせることができるかどうか、率直にいって、私にとってこの時期はやはりいちばん辛い時期であった。

ゲル化粧品との出会い

まだ東京でピュアリイ・ジャパンに居たときであった。美顔器で顔の手入れに使用するための基礎化粧品を探していた。というのも、それまでは美顔器を使用する人は皆それぞれにふだん使っている化粧品をそのまま使っていたからだった。しかし、それでは、売上は美顔器だけに留まってしまう。私は消耗品である化粧品を美顔器と併せて売る仕組みをかんがえた。そこで美肌効果のあるゲル化粧品を厳選の結果見つけて、美顔器と相乗効果があるように取り組んだ。

といっても社会人になってから二十三年間、ずっと家電関係にいたのであるから、私にとって化粧品はまるで異なる世界だった。そんな思案に明け暮れしながら毎日よいメーカーを探し続けていたときだった。ふと、イギリスに居たときに感じた「碧い地球」のイメージが蘇ってきた。この碧い地球をイメージした化粧品が見つかればいいと思った。人と地球にあくまでも優しい碧いイメージの世界を。

こうしてあちこち探しているうちにあるとき、ピュアリイ・ジャパンの会員のひとりから、自然界のゲルをベースにした化粧品を開発したとある人物を紹介してもらった。その人は東京にいるB社の会長で、村岡氏という七十代半ばの紳士であった。

ゲルとは、広辞苑などでは、「コロイド溶液が流動性を失い、多少の弾性とかたさとをもってゼリー状に固化したもの。寒天、ゼラチン、豆腐、こんにゃくなどの類」と説明されている。つまり、自然界にあってはネバネバ成分のことで、海にある海藻類、山にある粘土、植物ではアロエなどのもつ成分を指す。動物の脂でないネバネバ成分のことである。

当時の化粧品のほとんどは、「水」と「油」との「合成界面活性剤」をベースとしたものだった。ところがこの処方では、化粧品を洗面所で洗い落とした時に、成分の界面活性剤や油分が分解しにくく、洗面後、流された汚水が自然界の水や土壌を汚してしまうという欠陥があった。つまり水と油を融合させるためには合成界面活性剤が必要になるが、この界面活性剤は人と地球にはけっしてやさしくなく、このことはよく知られていることでもあった。村岡会長はそこに何かよい方法がないものかどうか研究に没頭した結果、この自然界にあるゲル状の成分に着目したのである。

これらのゲルは水とのあいだに親水性があるので、この利点を活用すれば、これまでの合成界面活性剤を使用しなくてもすむ。自然界から採ったものであるから、洗い落とした後も自然に戻ることができる。まさに人と地球にやさしい化粧品とはこのことなのではないだろうか。

村岡会長は、このゲル化粧品を普及させて、地球環境改善に貢献しようと一念発起された方であるから、私にも懇切丁寧にゲル化粧品の手ほどきをしてくださった。

当時、大手化粧品会社のほとんどはオーソドックスな処方、つまり水と油と合成界面活性剤をベースにしたものだった。このほうがコストの面からも低く抑えることができた。この点、ゲルは自然界のもので、化粧品として使用するばあいコストは高くついたが、私は碧い地球の暗黙のメッセージに応えるべく、この化粧品を美顔器販売と共に顧客に薦めることにした。といって、自社ブランドで作るにはまだリスクがあったので、まずは村岡会長から紹介してもらった大阪のゲル化粧品製造会社から仕入れて販売開始した。美顔器は一度買うと耐久消費財であるから長持ちするが、化粧品は毎日使うものであるから売上も伸びていった。

アフリカと私——ルイボス商品の開発

ルイボスティーを知ることが転機をもたらした

ゲル化粧品に出逢ってまだいくばくもたたないある日のことだった。

書店で何気なく本を見ていたところ、今まで見たこともなかった「ルイボスティー」というタイトルが目に入った。手に取り目次を見ると、このルイボスの茶は、健康によいだけでなく肌にも効果をもたらすと書いてある。さらにこのルイボスティーは、使用後の茶葉を風呂に入れて入浴剤のように使うと、肌がスベスベし美肌効果があり、またお茶を出したあとの茶葉は植木などの肥料にも使えると書いてあった。なるほど、とすればこれも人と地球にやさしいお茶なんだと関心をもつと、またイギリスで感じた碧い地球のイメージが浮かんできた。シカゴから帰国して三洋から離れて二年、私は四十八歳になっていた。

ルイボスティーと運命を共にしようと思った。そこで会社を設立することにした。大阪の北区堂山町に手頃な事務所を見つけた。事務所といえば恰好がいいが、むしろ倉庫といったほうがふさわしかったろう。薄暗い部屋に蛍光灯が青白く部屋を照らしていた。机二つと椅子二つ、そして電話機が一本、それだけの新会社だった。

私ひとりで始めた会社であるから、私自身営業に出ると事務所は空っぽになる。事務処理や電話番としてもやはり社員が必要だった。新聞広告で募集をしたところ二名の応募があった。最初の人は二十代の女性で面接に来るというので待っていたが、約束の時間が来てもいっこうに現れない。気になってドアを開けて外の様子をみると、若い女性が立っていて何かためらっているようすであり、やがてくるりと向きを変え、帰ってしまった。倉庫のような場所で入口までの階段がキシキシと音をたてるような事務所では興ざめされても仕方がなかった。

もう一人の女性が面接にやってきた。この人はコンコンとノックするとわるびれず入ってきてくれた。四十歳ほどの落ち着きのある清楚な感じの人であった。話は前後するが、この人が二十年後社長になる野中俊子だ。たった二人の応募で、一人は入口まできて顔も見せずに帰ってしまい、一人は面接で採用されてやがて社長の椅子に座る。人との出逢い、縁というものはつくづく不思議なものだと思っている。

事務所に野中俊子が居てくれるようになって、いよいよ私はルイボスティーに専念すべくまずは南アフリカにしか生育しないことから、その産地を訪ねることにした。

アフリカの最南端・南アフリカ共和国へ

アフリカは、赤道を挟んで南北双方に地球上の陸地の約二十パーセントを占める広大な面積を持つ、ユーラシア大陸に次ぐ世界第二の大陸である。五十四の独立国があり人口は約十億人で、世界人口の十五パーセント近くを占める。なかでも東アフリカは七百万年前に遡る人類発祥の地といわれている。

南アフリカはこのアフリカ大陸最南端に位置する共和国家である。最大の都市はヨハネスブルグであるが首都はプレトリアで、人口は約五千百万人。十六世紀以降この地にはオランダ人が到来し、ケープ植民地を建設したが、十八世紀末には金やダイヤモンドの鉱脈を狙ってイギリスが上陸、やがてケープ植民地はオランダからイギリスに譲渡され、アフリカ人はイギリス人の支配に屈した。その後、いくつかの戦争をくぐり抜け、アパルトヘイト（人種隔離政策）に苦しみつつ、一九六一年には英連邦から脱退し、共和制を採用して今日に至っている。

私にとって南半球を旅するのは初めてであった。関西空港を飛び立ってシンガポールで乗り継ぎ、二十数時間かかってヨハネスブルグ空港に到着、ここからまた飛行機を乗り換えて、南アフリカ発祥の地ケープタウンの空港に到着した。アメリカやヨーロッパへは旅慣れている私だが、さすがにエコノミークラスでのこの長距離飛行はきついものがあった。人種差別のしこりがいまだ残っている感じで、特に白人から受ける目線に、何か欧米とは違う冷ややかなものを感じた。

空港でレンタカーの受付カウンターに行って小型車を借りた。当時の車にはまだナビが付いていないので、入念に地図を見てのひとり旅でテーブルマウンテンに向け車を走らせた。地盤の柔らかいところが風雨で削り取られ、硬い部分が台形状になっている。この姿が遠くから眺めるとテーブルの形に見える。白い雲が山の天辺に棚引いており、テーブルクロスをかけているようにも見えた。標高千メートルほどなので無理なく登れる。そこから眺める紺碧の海、インド洋とケープタウンの美しい街並みもそのまま一幅の風景画のようで、私はいくどもイギリスで感じた心の内の碧い地球のイメージと重ねて、新しい挑戦へ武者震いした。そのまま南へ五十キロ走って風の強い喜望峰のよく見える展望台へ立ち、また五十キロ東進してステレンボッシュの街に入って宿をとった。

ステレンボッシュは南アフリカでは二番目に古い街で、ワインの生産とステレンボッシュ大学のある文教都市として知られる。滞在したホテルは小綺麗なヨーロッパスタイルで、白人支配の時代の名残を思わせた。一泊して翌日、いよいよ目的地であるルイボスティーの故郷、セダルバーグ山脈の麓にあるクランウィリアムに向かった。

ルイボスティーの産地・クランウィリアムにて

日本からの長旅の疲れをステレンボッシュのホテルで癒し、熟睡した翌朝、私はルイボスの産地、クランウィリアムに向けていよいよ車を走らせた。約五時間の道程だったが、時間が経つにつれて次第に建物や人影が少なくなっていって、やがて都会の姿は完全に消え、草原の真ん中に糸のように細くまっすぐに伸びるばかりの道路をただひたすらに走った。途中で、周りは鮮やかな菜の花で埋め尽くされ、真っ青な空が広がるなか、時速百二十キロで突き進んだ。信号機はなく、クランウィリアムに近くなると舗装道路もなくなって、道幅もせまくなって土道になった。赤茶色の砂埃をバックミラーに見ながら、夕刻になってクランウィリアムに到着した。人口三千人の小さな町で、住民の過半数が、ルイボス関連の仕事に従事しているということである。ふと、町の入口にさしかかったところで「ＴＯＹＯＴＡ」の看板が目に飛び込んできた。こんな地域にトヨタのディーラーがあるのはさすがだと感心した。

この町にはホテルは一つしかない。英国風の白壁の二階建てだ。黒のワンピースに白いエプロンをした若い黒人女性が、古新聞でホテル入口のドアガラスを、私などには目もくれずに磨いていた。なかに入ると、現地の人たちは日本人が珍しいのか、私のほうをじろじろ見てくる。

二階の端の部屋に入って窓を開けると、目の前はなんと墓地で、十字架の墓がひっそりと並んでいた。その夜空は深く澄みきっており、星の光が十字架の墓のひとつひとつをうっすらと照らしていた。

その澄んだダークブルーの空に目を向けたとき、私は思わず、「おお！」と声をあげた。南十字星であった。南十字星は五つの星で構成されている。ケンタウロス座の南にある星座で、四つのよく光っている星を線で結ぶと十字になる。もう一つの小さめの星は四つの星に囲まれ、ちょうど人間のハートの部分に位置している。それがまざまざと手に取るように、美しく輝いて眼前に現れたのであった。

現地の人の説明では、このハートの位置の星こそは、イエス・キリストが十字架で処刑されたときの槍で刺された傷跡を意味しているとのことだった。十字架の墓場を見たあとの南十字星——その美しい輝きはそのまま生涯忘れられぬものとなった。

長距離の旅の疲れもあって、さすがにその夜はそのままぐっすりと眠った。朝食を摂っていると、事前に連絡しておいたルイボス・ナチュラルプロダクツ社の輸出担当マネージャーが車で迎えに来てくれた。

ルイボス・ナチュラルプロダクツ社は、日本で想像していたよりはるかに規模の大きな会社だった。半官半民の会社としてスタートしたが今では民営の会社となり、訪ねていくと、会社のゲート前には国連と同じように世界各国の国旗が掲げられ、その日は日の丸が中央に位置していた。私にたいする歓迎のサインであった。広い敷地に数多くの建物が並んでいた。名刺を交換してわかった会長のバーク氏はまだ四十歳前後、あごひげを剃ったちょっと写真で見たリンカーン大統領を思わせる、日焼けした精悍な顔立ちの人だった。セダルバーグでは最大の農園を保有しているとのことだが、握手をしてわかったゴツゴツした大きな手は、自ら農場に出て仕事をする現役の農場主を感じさせた。

南アフリカにて（右端がバーク氏、左端が著者）

その日、会議室で幹部の人たちと挨拶を交わすと、刈り取られたルイボスが各農場から搬入され最終製品に至るまでの全工程を案内してもらった。昼食をご馳走になったあとの午後からはルイボス畑の見学に向かった。車で三十分ばかり走ると、工場で目にした赤褐色茶葉とはまるっきり異なる鮮やかな緑色の畑が延々と広がっていた。ルイボスは一・五メートルほどの背丈の灌木であり、この灌木が広大な畑のずっと先まで栽培されていた。

近づいてみると、黄色い七ミリほどの小さい花をいっぱいつけていた。ルイボスはマメ科の針葉樹で、エンドウ豆のようなサヤがあり、そのなかに小さい固い殻をもった三ミリほどの種を持っている。この実が熟するとサヤが破裂し、種は四方八方に飛び散る。

日本にいる間、私は、ルイボス畑はルイボスティーのような赤褐色の肥沃な土地で栽培されていると思っていた。しかし、車で来る途中に初めて見たルイボスの畑は、ペンペン草も生えないような白い砂地であった。砂漠のなかの畑だった。その畑のなかの道を走ったのだから、サラサラの砂で車輪が空回りすることもあった。このあたりは一年のうち七ヶ月近く雨が降らない時期があるという。このため砂漠化した地域であり、もともとは農業にはほとんど不向きな土地柄だった。

ルイボス収穫

この過酷なところで生き抜く植物は、それだけに特殊な適応能力を持ち合わせなくてはならず、またそのような能力を発達させねばならなかった。人類の誕生よりはるか昔に生まれたルイボスは、根が地中深くまっすぐ数メートルに達している。地中の水脈にとどかせ水分やミネラルを吸収するためだ。根を輪切りにしてみるとコルク状の中心が、水、養分を吸い上げるためにストローのような形をなしていた。あらためて、この世に生物が生き残るには、たんに強いことではなく、環境にうまく対応できる知恵がはたらかねばならないと思った。砂漠の畑でイキイキとした緑色の葉を繁らせているのは、実に土の下で黙々とはたらき続ける根のお陰なのだ。「お陰さまで」という言葉がふと浮かびあがった。「百聞は一見にしかず」、ルイボスティーに着目したことに狂いはなかった。ルイボスとの出会いに感謝し畑を後にした。

ルイボス自社ブランド商品開発

帰国するとすぐ、一日一日が待ち遠しいほどのはやる気分を抑えながら、まずはルイボスの自社ブランド商品開発にとりかかった。化粧箱のデザインは、長くこの業界にあってパッケージデザインを得意とする、東京・青山のデザイン事務所に依頼した。私のなかに、素《もと》になるイメージはすでにしっかりできあがっていた。ステレンボッシュのホテルの部屋から目にした、ダークブルーの夜空に輝く南十字星、五つ星のイメージを彼に伝え、社名の「プレスティージ」に見合うプレスティージな感覚のあるパッケージ作製を依頼した。デザイン製作料三十五万円は、彼の能力に期待する先行投資の一つとなった。

一ヶ月半後、デザイン案がまとまったとのことで、再び青山のデザイン事務所に足を運んだ。ひと目で満足した。ふつう食品のパッケージは食欲をそそる暖色系が主流といわれるが、私のばあいは五つ星をデザインのポイントとしたので、あえてダークブルーを基調としたデザインとなった。

そういえば、私のなかに去来する思い出があった。五歳のときの幼稚園での短冊の思い出だった。自分にしかできない何か大きなことをしたいな、と、幼い胸のどこかでたしかに思ったのだった。

つぎに価格を決めるのだが、ここでも、ホテルのばあい「五つ星ホテル」が最高級ホテルのランクであるように、ルイボスでも最高の品質としてのイメージを持ち、それにふさわしい価格として三千円とした。この価格も同じタイプの健康茶の価格と比較すると二倍ほどもするが、おかげで今日まで二十数年間、デザインも価格もこのままで継続している。

おまけにたいへんラッキーなハプニングにも恵まれた。まだ商品も出来立てのほやほやの頃、みのもんたの司会する「おもいッきりテレビ」という番組に、ルイボスが美容と健康に優れている「奇跡のお茶」として、紹介されることになったからだった。この番組は日本テレビ系列で一九八七年から二〇〇七年まで二十年間放映されたが、ルイボスは九三（平成五）年十一月に「ルイボスティー特集」として放映された。ただ、採用の条件には、ルイボスを研究し美容、健康によいことを証明できる学者か医者が必要となり、愛知医科大学の加齢医科学研究所の講師で農学博士のN氏に出演を依頼して、十月初旬、私はN氏にと共にビデオ収録のため東京の日本テレビのスタジオに出向いた。N氏は、一九九〇年にルイボスティーを知り、このお茶には強い抗酸化作用があることから、老化対策の研究を始められた方で、その日私はステージの端で収録の一部始終を緊張して観ていた。

「おもいッきりテレビ」の影響は大きく、放映されるとたちまち商品在庫が底をつくほど売れていった。一回のテレビ放映でこんなに影響があるとは想像していなかったので、喜びの悲鳴をあげた。その後も順調な売れ行きで、ピーク時には一箱三千円のルイボスが一ヶ月に六千個も売れた。

再び南アフリカへ――ルイボス生みの親ノーティエ博士の孫娘に会う

おかげでルイボス原料を確保するために再び南アフリカを訪問することになった。今度ばかりは喜望峰、ケープタウンと回り道をせず、ヨハネスブルグの空港でレンタカーを借りると一路クランウィリアムに直行することにした。

走り始めて一時間ほど経ったころだった。車のダッシュボードのあたりでガクンと何かがはずれる音がしたので、何だろうと休憩も兼ねるつもりで車を止めた。開いたダッシュボードを閉じようとしたところ、奥にあるプラスティックの一部が外れている。あれ!と中を覗くと奥に何かある。奥に穴が空いており、手を突っ込むと軽いがレンガの塊ほどのぐるぐる包んだものが出てきた。開けてみてびっくりした。ゴムバンドで束ねられた札束の塊が三個もゴロンと出てきたのである。南アフリカのランド紙幣だったが、その量からみてかなりの金額であることは推測できた。かなり使い古された紙幣だが、こんなところに隠されていたのだから、何かいわくのあるお金であることには違いなかった。警察に落とし物として届けることも考えたが、とりあえずはレンタカーを返すとき、窓口の人に事情を話すことにした。ところが、「うーん、そうだねえ、でもこの国では警察に届けるのはよい方法ではないね、ポリスはそのままお金をポケットに入れてしまうよ」というのである。日本ではありえないことだが、かつてシカゴで交通違反のときにお金で示談処理したことを思い出した。二十年も前のことだが、南アフリカの警察事情はあるいは当時のアメリカと同じようなレベルなのかも知れない。

そのまま札束を持ってクランウィリアムに向かった。途中、その日訪問を予定していたワイン農家に寄ったついでに、ここでも相談することにした。するとやはり同じ返事が返ってきた。といって、日本に持ち帰るのも事情が事情だけに気が引けるだろうということになり、この訪問先の家に預かってもらうことにした。

そう思って札束三個をテーブルに置くと、その家の十五歳ぐらいの息子が部屋の奥から大きな茶封筒を持ってくると、札束を入れ、赤い蠟燭と焼きごてのシールでジュッと音をたてて封印してしまった。私にとって見慣れないやり方だが、この方法が誰も札束を持ち出せない確実な方法で、南アフリカの人びとにとってはごく普通のやり方だった（ついでながら一年後、みたびアフリカに出張したとき、私の同行者がその預け先を訪れ、お礼を渡してお金を引き取った。結局はルイボス輸入代金の一部とワインの購入代金に使用された）。

ともあれ、この思いがけないハプニングにやや興奮気味に車を走らせ、クランウィリアムに到着すると前回と同じホテルにチェックインした。

翌朝、ルイボスナチュラルプロダクツ社を訪問し、ルイボス原料の輸入契約の商談をし、午後からは町に出た。南アフリカはアパルトヘイトにより長年人種差別に苦しんだ多くの黒人がいたが、この町の住民は子どもも大人も出会うとにっこり笑顔で挨拶もしてくれ、明るい表情で、とてもそんな暗い過去は感じられなかった。圧倒的に黒人が多いせいもあろうか。ルイボスティーのおかげで収入も安定していることもあろう。

翌日は日曜日だったので、セダルバーグ山脈の大自然のなかに野生のルイボスが生えていないか、期待を胸にして出掛けたが、ついに見つけることはできなかった。諦めて道を折り返し少し経ったときだった。ポツンと一軒建っている平屋の民家が目に入った。四、五人の人たちが庭でテーブルを囲んで団欒していて、私たちは引き寄せられるように近づいていった。見慣れない日本人が現れたものだから、庭にいた人たちも一斉にこちらを見た。最初はちょっと不審な表情もしたが、やがて笑顔に変わり、

「やあ、こんにちは、こちらに来ませんか」

と、そのなかのやや太り気味の中年の女性が声をかけてくれた。

「日本人の方ですか、冷たいビールはどうですか」

と、今度はお父さんらしい男性に声をかけてもらった。其の日も四十度近い暑い日だったので、思いがけない出会いに感謝してご馳走になった。ポテトチップやピーナッツのつまみもあって、そのうちにいろんな話が弾んできた。そこで日本でルイボスを販売していることを話し、ルイボスの生みの親と知られるノーティエ博士のことを聞いたところ、最初に声をかけてくれたお母さんのような女性が、思わず声高になった。

「おや、まあ、実は私の祖父がそのノーティエなんですよ」

野生のルイボスを探しに出掛けたおかげでルイボスの産みの親の孫娘に出会えたのだった。何か偶然でない不思議な力を感じずにはいられなかった。

この素晴らしい出会いに感謝し、再会を約束してホテルに戻った。

ストラウス家の民宿で見た「五つ星」

今回の出張では旅行日程に少し余裕があったので、翌日はサファリツアーを計画し、南アフリカ北東部にあるクルーガー国立公園に行くことにした。ここはアフリカ有数の広さを有する鳥獣保護区で、プロペラの小型飛行機に乗って二泊の旅となった。おかげでシマウマ、キリン、水牛の群れ、イボイノシシの家族からライオン、ハイエナの群れなどを見ることができた。なかでも一頭の雌ライオンが自分の三倍もある水牛の首をガバッと噛んで、息の根の止まるまでジッと押さえつけているのを見たのは衝撃だった。それにしても、そこから五十メートルも先では、何と五十頭ほどの水牛の群れがこの情景をずーっと見つめているのだった。仲間が犠牲になったが一目散に逃げるのではなく、むしろ仲間に哀悼の意を示しているようですらあった。黙祷を終えて群れは下向き加減で小走りにその場を離れていった。

二泊三日のサファリを終えてクランウィリアムに戻った。そこで先に出逢ったノーティエ博士の子孫のストラウス家が、車で三十分ほど離れたところに民宿ロッジを持っているとのことで、急遽、ホテルからその民宿に変わることにした。ワンルームのロッジに入ると、部屋の中のコーナーにいきなり大きな岩がドッカリと坐っていた。広い敷地なのにどうしてわざわざ岩がある場所を選んでロッジを建てたのかよくわからなかったが、そのうち慣れてくると、岩の存在がかえって気分をゆったりさせてきた。夕食は庭でバーベキューであった。

四十センチほどの石が三個置いてあって、その上に一メートル四方の分厚い鉄板が乗せてあり、数本の薪を下にくべて、いろんな動物の肉を並べた。サファリツアーの時に出された肉類は、正直いってさっき草原で目にしたばかりの動物たちの仲間だと思うと食が進まなかったが、今回は動物たちに命をいただきますと感謝して、美味しくいただくことができた。食事の最中に庭の真ん中あたりに、一匹の陸亀がノッソ、ノッソと歩いていた。この亀は甲羅が薄茶色、お椀を逆さにしたような恰好で体長八十センチはあった。バーベキューの匂いに誘われてこちらのほうへ歩いてきたのだ。同じ亀でもバケツのなかで生涯飼われ、外の世界を知らないまま一生を終える亀もあれば、この陸亀のように自然のなかで自由に生きているものもあると思うと、しばし眺めている気になった。

お腹がいっぱいになると草の上にゴロリと仰向けになって体を伸ばした。腕枕をして目を開いたかなたのダークブルーの澄み切った大空に金平糖を散りばめたように無数の星が輝いて降り注いでいた。そのなかにスーッと直線を引いたように移動する星があった。

「あれぇ！　あの動いている星は何ですか」と、食事の世話をしてくれた人に聞くと、「ああ、あれは星ではなく人工衛星ですよ」と説明してくれた。なるほど、こんなに空気の澄んでいるところでは人工衛星も肉眼で見られるのだと感心して動きを目で追っていると、左手の方向で地平線より少し上の空に、五つ星が燦然と輝いていた。満腹感もあって少々ぼーっとしていたが、ここであらためてこのファイブスターを見ていると、初めてホテルの窓から見たのとはひと味違って、今回は星のほうから私のほうへ何かメッセージを発信してくれているような気分になってきた。ロンドンに駐在していた頃、右肩に感じた碧い地球の感覚と重なり、しばし私は瞑目した。

みたびアフリカへ——ルイボス化粧品の開発

南アフリカへ二度の旅をして、ルイボスのことを知れば知るほど優れたお茶なのだということがわかってきた。健康によいだけでなく肌がきれいにもなるのだ。ためしにお風呂にティーバッグを数個入れてみる。すると赤茶色のほんのりと香りのするルイボス風呂が出来上がった。リラックスするとともに肌がすべすべすることも実感した。そうだ、ルイボスのエキスを化粧品に配合すれば肌を美しくする化粧品が出来るのでは、と閃いた。

そう思って、南アフリカ側とビジネスのやり取りをしているうちに聞いてみると、現地にルイボス配合の化粧品を造っている会社がすでにあることも聞いた。この会社のオーナーは女性で、名前はアネッキー・セロンというオランダ系の白人だった。

早速、この会社に連絡を取り、みたび南アフリカに向かった。今回はヨハネスブルグから北の方向、約五十五キロにある南アフリカの首都プレトリアだった。

プレトリアの街近くになると、ジャカランダの街路樹がちょうど花盛りで、街の景観を華やかに彩っていた。この木は日本の桜によく似た大きさで、桜と同じように樹いっぱいに花を咲かせる。色は青紫で明るい太陽の光を浴びると、桜とは趣の異なる独特な美しさを放っていた。ここには約七万本のジャカランダの街路樹があり、ジャカランダの街ともいわれていた。プレトリア地区内の人種構成は当時七十パーセントが白人、二十五パーセントが黒人、残りが他人種で、白人が多いせいか街の造りは万事ヨーロッパ風だった。セロン社長はもう六十歳を越えていたが、十歳以上は若く見え、肌に艶と透明感があり、話しっぷりもシャキッとして私を惹きつけた。

セロンさんがまだ二十歳代、娘のロリンダを出産したばかりの頃だった。乳児のロリンダが原因不明のひどいアレルギー症状に襲われたことがあった。泣き叫ぶ日々が続き、母乳も飲まなくなり、医者に診てもらっても薬は合わないし、なす術がなかった。そんなある日、ふと思いついてルイボスティーを少々ミルクに混ぜてあたえてみると、少しずつ飲みはじめた。幼児のもつ動物的本能がルイボスなら大丈夫と判断し、空腹を満たしはじめたのだ。そしてスヤスヤと眠りはじめ、一ヶ月もたつと体力も回復しアレルギーもおさまってきた。

これを機に、セロンさんはルイボスとアレルギーの関連を調べはじめた。ルイボスが肌によいことは、もともと南アフリカではすでに知られていたことだった。子育てのためなどで途絶することもあったが、四十代半ばになって自分の肌に老化傾向があるようになると、あらためて娘の奇跡的回復を思い出して、ルイボスティーをくわえたローションを試作しみずから使ってみた。数ヶ月後、かさかさしていた肌が潤いを取り戻し、気になっていた小じわ、特に首筋のしわが目立たなくなり、周りの人たちはセロンさんが美容整形をしたのだと噂するくらいであった。

これがルイボス配合の基礎化粧品製造会社創業にいたる由来で、聞いていて私は、すごいな、ぜひ日本でルイボス化粧品を造ってみたいなと強く秘かに思った。セロンさんともしだいに打ち解け、最後には「明日は私の別荘に案内します。そこに泊まってください」といわれるまでになり、喜んでお言葉に甘えることにした。と、ここは余談だが、誘われて行って驚いたことに、この別荘の敷地はおそらくは三万三千平米（約一万坪）はあり、館の裏庭にはセロンさんのペットである約百羽のオーストリッチ（ダチョウ）が放し飼いで広い庭を自由に走りまわっていた。

ともあれ、セロンさんは娘のアレルギーを完治させたことでルイボスの効能を知ると、その子育てが終わった頃にはルイボスティー配合の化粧品を試作、この試作品からも十分過ぎる美肌効果を体験したセロンさんは自信を持って化粧品会社を設立し、今では二千五百名もの販売員を有する南アフリカでナンバーワンの化粧品会社に成長しているということだった。

私のほうとしてもルイボス配合化粧品の工場を視察し、セロンさんの成功例を聞けば聞くほど、居ても立ってもいられない気分になった。

ケニヤ紅茶との出会い——続々「ゼロからの挑戦」

みのもんた司会の「おもいッきりテレビ」の影響もあって、ルイボスティー販売に拍車がかかり、販売代理店も順調に増えていった。この頃になると、三洋の社員にも伝わり、遠くケニヤの地にまで私がお茶を扱っていることが伝わった。ケニヤには当時三洋からは営業関係が一人、技術者が三人駐在していた。その営業駐在員がある日、「夏目さんが退職後アフリカのお茶を扱っていると聞いたけど、ケニヤにもうまい紅茶がある、一度試してはどうか」と、「アイボリーティー」という象の絵が描かれたパッケージに詰められたサンプルを送ってくれた。開けてみると、アルミ袋に黒色で細かい粒の紅茶が入っていた。アルミ袋を開けると、たちまちほんのりとした優しい香りが漂った。早速お湯を沸かし淹れてみると、この紅茶は黒色の粒からはまるで想像できない透明感のある赤色になった。カップの内側には天使のリングのようなゴールドリングが輝いて、口に運ぶとコクのある味がふんわりと広がり、ここでも私は一目惚れしてしまった。私だけではない。紅茶にはうるさい久美子も、紅茶好きで味には敏感な次男（この頃はまだ高校生だった）も同意見だった。いろいろな人に試飲してもらったが、いずれもなかなかの評判だった。

ついでながら、茶の歴史は古く、中国茶も日本茶も紅茶も、すべては同じツバキ科の学名カメリアシネンシスの葉から作られる。史実から確かめると、中国の前漢の時代、紀元前五九年に描かれた文書のなかに、「茶を煮る」「武陽に茶を買う」とあるのが最初のようだが、むろんそれはそれ以前から飲まれたことを物語っており、伝説的な話では六千年前の中国に遡る。チベット高原と中国南東部の山地が原産地と推定され、長く緑茶として飲むのが習慣だった。これは茶の若葉を摘み取り、発酵させたのち乾燥したもので、熱処理によって酵素をおさえて緑色を保たせるところからくるもの。これにたいして、葉に含まれる酸化酵素を完全に働かせて発酵させるために、葉が黒変し、香味をもち、水浸液が紅色になるのが紅茶であり、ヨーロッパでは単にティー（茶）というとこちらのことになっている。中国ではこの紅茶も明《みん》の時代に始まったといわれるが、わが国では一八八七（明治二十）年になってやっとヨーロッパから輸入されてきたものから紅茶となった。この紅茶の生産地は今では世界の二十数か国におよび、その大半がインド、スリランカ、中国、それにケニヤだ。

さて、ケニヤでは、これまではコーヒーがもっとも多く輸出されてきたが、今では紅茶が輸出一位を占めるようになった。気候の温暖なケニヤでは「まわり摘み」と呼ばれる方法が可能で、しかも一年中摘まれるからだ。一九〇三年にインドから茶の種を輸入して茶園を造ったのが最初で、その後品種改良をすすめて優れた紅茶を輸出できるようになったといわれる。

早速ケニヤに飛ぶことにした。ケニヤは初めての訪問だったが、英語が通じるので飛行場での入国などの問題もなかった。エアポートには日本人でケニヤに永住し、紅茶関係の仕事をしている丸山氏が、丸顔に銀縁メガネをかけ、ケニヤ暮らしにしては日焼けもせずすこしカールした髪型で迎えてくれた。彼はもともと京大出身のインテリだが、旅行ではじめてケニヤを訪れてそのまま魅せられてしまい、現地のキクユ族の女性と結婚して永住をきめた人で、現地の青年たちのためのスポーツ振興のボランティア活動をして、みずからの手でマラソンのオリンピック選手を出さんものと意気込んでいた。紅茶のビジネスもこのボランティアを維持していくための主な生活手段であった。

この丸山氏が面倒をみてくれたおかげで万事スムーズにすすんだ。彼は日本から輸入した中古車でケニヤ山麓のニヤンベ茶園にも連れていってくれた。とはいうもののナイロビの市街から三十分も走るとしだいに道の状態はひどくなって、デコボコ道になって、車の後部座席にいてトランポリンのようにジャンプする始末である。それでもサイ、インパラ、シマウマ、キリンなどの動物に遭遇することができてしばしの癒しとなった。

ニヤンベ茶園は山の麓にあるが、標高は二千二百メートルもある高地だ。土壌は赤褐色でミネラルが豊富に含まれている。ほとんどが傾斜三十度ほどの段々畑になっており、これら茶園のなかから一段とコクと自然の香りのする紅茶を栽培する茶園を決めて購入契約をする仕組みになっている。帰りにはギゾンゴ茶園に寄った。ここはニャンベよりは標高が低いが、やはり良質の紅茶をつくっていた。

これらの茶園はナイロビから往復十二時間もかかるので、まず日本の商社などはここまで足を伸ばすことがなかった。多数の茶園からモンバサ港に運ばれ、ここでいくつかの茶園の紅茶をブレンドした茶葉を競りで落とし、日本に輸入していた。私の会社は商社を介さず、モンバサ港に運ばれる前に出来のよい紅茶を選択し、交渉し、契約を結んで日本に運んだ。

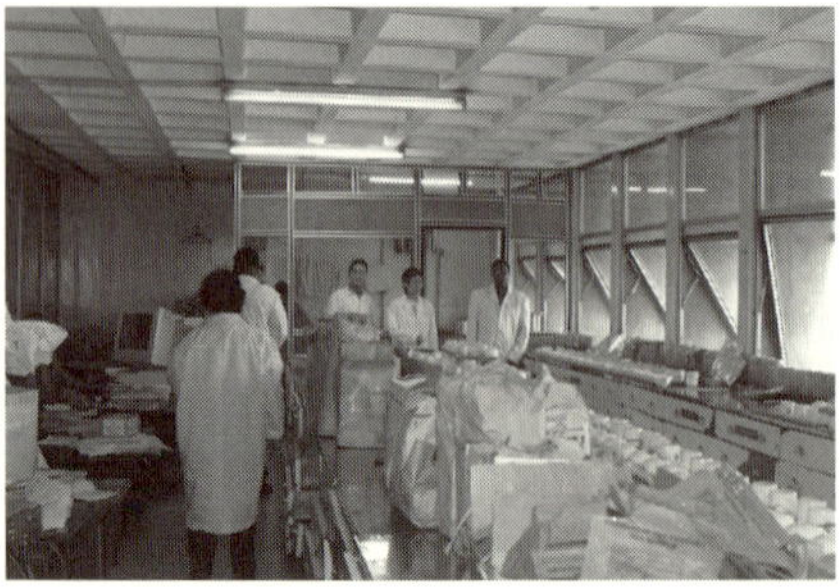

ケニヤにて

ここでケニヤ紅茶の特徴についてのべておくと、インドやスリランカの紅茶がオーソドックス製法で細長い茶葉が多いのにたいして、ケニヤはCTC製法による。すなわちCrushing Tearing Curingの頭文字をとった語で、茶葉を細かく刻み（C）、ローラーで押しつぶし（T）、丸めて（C）作られる。オーソドックス製法に比べ、茶葉が押しつぶされ丸められているので、成分をしっかりと抽出することができる。この製法は生産時間の短縮、製造スペースの節約など合理的であると同時に、水色がよく出ることとコクがあることに特徴がある。香りの点ではオーソドックスティーに比べてやや控えめな感があるが、紅茶の自然な香りは十分楽しめる。

私が買付けをした茶園は二千二百メートルの高地にあるため、害虫もそこまでは飛んでこない。したがって殺虫剤など農薬を散布する必要もない。これにより人と地球にやさしい自然種紅茶の栽培が可能になってくる。おまけにその茶園独特の茶葉であり、他の茶園の茶葉とブレンドしていない。だから「自然種紅茶」と呼ぶことこそがふさわしい。

ジュアールティー　健康食品への挑戦

ケニヤから戻ってしばらく経ったある日のことだった。ケニヤ紅茶のことを聞きつけた福岡のある健康食品製造販売会社から話がしたいと連絡が入った。「マウントムーン」という会社で、日ならずして社長と専務がやってきた。数種類の健康補助食品を扱っていて、これからの健康食品として老化予防をする活性酸素消去力の強い素材が脚光を浴びるとみていて、その素材にたいする嗅覚には鋭いものがあった。早速、サンプルを送ることを約束した。すると、三週間もたった頃、電話が入り、

「ケニヤティーの活性酸素消去力を早速日本食品分析センターで測定してもらったところ、

予想以上の数値が出ましたよ。これはひょっとすると大化けする素材になるかも知れません」
ということで、本気でこのケニヤティーに取り組みたいということだった。そこで今度は私のほうから九州に出向くことにした。行ってみると、会社といっても設立後まだ数年で、月山社長個人が所有する2ＤＫマンションを事務所にしていた。

この九州での話し合いで、わが社がケニヤティーを指定茶園より輸入してマウントムーン社に卸し、彼らが美容と健康を目的とした商品をつくることになり、販売額に対し数パーセントのコミッションを受け取ることで契約を交わした。その結果、ケニヤティーにバランスよくルイボスティーをブレンドすることで、絶妙なおいしい抗酸化力の高い健康茶をつくることに成功した。ネーミングについては、向こうの専務と何度も話し合った結果、私がケニヤの茶畑で見た、段々畑に降り注ぐ太陽とミネラルの豊富な赤土からイメージをふくらませ、スワヒリ語で太陽の「ジュア」と大地の「アールディ」を合体し、「ジュアール」と命名した。マウントムーン社が、この「ジュアール」の名の由来を反映した、見事なパッケージをつくりあげた。彼らはこの「ジュアール」に社運をかけて取り組む意気込みで、ぜひケニヤ現地を訪れたいと意向を伝えてきた。私のほうに異存はなかった。ただ、今回は近畿日本ツーリストに依頼してツアーを組むことにし、私のほうは妻と次男夫婦、マウントムーン社からは社長、専務ら三人の参加で計七人が一路アフリカへと旅立った。

素晴らしい旅だったが、ここではこのときの逸話をひとつだけ紹介しておきたい。

訪問先の茶園に行く途中であった。藁葺きの小さな家の前に日向ぼっこをして座っている老婆に出会った。運転手が、あのおばあさんはいろいろ昔話なども知っているから尋ねてみてはどうですか、と言ってきた。私たちもジュアールを展開していくうえでも何かストーリーがあればいいなと思っていた矢先だったので、運転手にスワヒリ語の通訳を頼み、話を聞かせてもらうことにした。

八十歳ぐらいで、頭にターバンを巻いていた。身長は百五十センチほどの小柄で、少し腰が曲がっていた。ゆっくりとスワヒリ語で語りはじめた。

「それはな、太古の昔、この地に住んだ人びとが最初に願ったのは、この地で食べ物を手に入れること、つまり作物の栽培ができるかどうかということじゃった。しかし、いくらがんばっても実りを迎えることができず、つまりは農作物の収穫には適さんことがわかって、あきらめるほかなかったんじゃな。ところがあるとき、神さまのお告げを聞くことのできるという男が山のほうからやってくると、村人たちに話しかけてきた。なんでもケニヤ山の神さまのお告げがあって、山頂に二頭の山羊を生贄として捧げるようにということだ。村人は早速お告げに従った。すると半月もたった頃のこと、なんとケニヤ山の山裾のあたりの土が、それは鮮やかなレンガ色に変わり、平らなところが薄い茶色の土になっていった。今でもわれらはこの二つに分かれた土を聖なる土と敬うておる。今ではこの山裾が茶畑となり、平らなところは、マサイ族の人びとの手で牛や山羊を放牧するようになった。今でも二つに分けられた土地を、ここに住むものは争うこともなく、うまく利用して、おかげで幸せに暮らしているということじゃ」

マウントムーン社はこのケニヤ旅行を経てますますこのお茶が会社の看板商品になることを確信したようであった。

帰るとすぐ銀行と交渉し資金調達、敷地六百六十平米（二百坪）の場所に本社を移転、ジュアールティー製造工場を建て、ティーバッグ製造の機械を六台設置、量産体制を整えた。健康雑誌、ローカルテレビにジュアールの記事広告を載せ、大口取引先も次第に増え、大手ドラッグストアも取り扱うようになり、ついには国内のドラッグストアの売上ナンバーワンの健康茶にランクされるまでになった。売上も順調に推移し、十年間のジュアールティーの販売は累計で約七百五十万箱に達した。当時は女性の三人に一人はジュアールを知るほどに知名度も上がっていった。

しかし落とし穴は、ここにあった。快進撃に気をよくしたマウントムーン社は、ジュアールティーの他に化粧品も製造販売することを決め、大量に製造し始めた。ところが販売が伸びず大量の在庫を抱えて、これが資金繰りを圧迫し、やがて命取りになってしまった。二億円もの赤字を抱え、ジュアールの販売権を東京のある会社に売り渡すと、社長、専務は夜逃げするかのように雲隠れしてしまった。

おかげで私はまた大きな教訓を学ぶことになった。慢心が経営を狂わせ、全てを失う破目になってしまったからである。

この結果、ジュアールの販売会社が消えたので、わが社が表に出て販売していくことになった。マウントムーン社が販売していた時よりは販売数は減ったが、主に女性層の根強い人気に支えられて、今もコンスタントに売れている。

「人と地球に優しく」と「五つ星の希い」

会社理念の創出とブランドの誕生

「ルイボスティーを知ることが転機をもたらした」のところで、倉庫のような事務所に机二つと椅子二つ、電話機が一本、事務員は野中俊子ひとりで発足したことについては述べたが、社名すらもちゃんと書いてこなかった。他意はなかった。すべてが文字通り「ゼロからの挑戦」であったから、ゆっくり会社の組織のことなど考えるいとまもないほど夢中で駆けずりまわってきたからである。

でもルイボスティーの売上が順調に進みはじめた頃から、この会社「プレスティージ」を永続的に経営していくうえで、会社のバックボーンとなる「理念」が必要だとしきりに思うようになっていた。

きっかけになったのは、南アフリカで見た燦然と輝く南十字星であった。このファイブスターが私に投げかけてくるメッセージとは何だろう、というのが、その後の私の切実な宿題となった。すると、このメッセージが、「人と地球に優しく」と、まさに耳元でささやくように聴こえてきた。そこでさらに考えつづけて、ついに五つ星のひとつひとつに具体的な希いを見出すことができた。

こうして、会社理念として、「人と地球に優しく」を設定、さらに実践目標として、「五つ星の希い」——①人と地球に優しい製品創り　②人に喜びをもたらす製品の普及　③信頼のパートナーづくり　④国際社会への貢献　⑤ゆとりあるライフ——を掲げることにした。

同時に、三度目の南アフリカから日本へ戻り、ルイボス配合化粧品の開発をスタートさせたところ、ルイボス自体が、その当時まだ化粧品の原料として認可されていないことがわかった。これは困ったと思索していたところ、幸運なことに一年も経たないうちにルイボスエキスが化粧品に配合できるという情報を得た。そこで以前、東京のB社の会長から指南を受けたゲルの処方をベースとし、ルイボスエキスを配合した人と地球に優しい化粧品の開発を一気にすすめることにした。

ここで化粧品のブランド名をつけることになった。私はこれまでの人生の節目節目に、かならず夜空に煌めく星が関わっていることを思った。そこで星に因んだブランド名「スタアリィアイ」というネーミングが思い浮かんだ。このブランド名にはダイヤの雫をイメージさせた。まさにわが意を得たり」で私自身うれしかった。そこでこのブランドに本社所在地の芦屋をつけ、「STARRY EYE ASHIYA」で商標登録した。日本語訳では「星のように輝く瞳」になり、「EYE」に夏目の目の意味も含ませた。

ついで商品のデザインだが、こちらはすべての商品に、南十字星をイメージした五つ星のシンボルマークをつけ、その下にブランド名を配した。ケースは澄んだダークブルーをベースとし、ゴールドのホットスタンプでロゴマークを印刷した。このデザインはルイボスティーのパッケージと同じで、やはり、五歳のときの夜空に輝く星、南アフリカで目にした燦然と瞬く星をイメージしたものとなった。

ダイヤの雫（記憶水）からさらにオンリーワン化粧品開発へ

小学校から高校までずっと一緒で、私の家も建ててくれた建築家の古田君が、同じ建築家でありながら、水の魅力に憑かれて水の研究に転じ、そしてついに世界でもっともバランスのとれた水が白馬から湧き出ることを発見し、そこに研究所と「記憶水」製造の工場を建てたという知人を紹介してくれた。この人はショートヘアで丸顔のまだ三十代の女性だった。

聞いて驚いたのは、その研究熱心さだった。二年間、ほとんど人にも会わず研究に没頭し、やっと納得のいく水が出来たときには、片目が膨れ上がり、まるでお岩さんのような形相になっていたという。

この岸さんの説によると、水は外部からどんな影響を受けようとも、自らが望む方向にしか突き進んでいかないということである。例えば、水に強力な磁気をかけクラスター（水の粒子）を小さくしたり、クラスターの細かい海洋深層水を汲み出しても、その水はすぐに元の状態にもどってしまう。つまり、人間が手を加えた水はおとなしくいうことを聞かない。この事実に気づき、岸さんは自然界の水のありかたに目を向けた。

その一つは南極や北極の氷河である。氷河は少々温度が上がっても簡単には溶けない。つまり、水が気温により変化しにくくなっている。この理由を調べると、氷河の下の地中にある成分にケイ素が多く含まれていることがわかった。ケイ素はガラスの主成分である。だから解けにくい。今一つは人間のからだである。ヒトのからだはマイナス四十度近くの寒冷地にあっても凍りつかずにいられる。眉毛やひげについた部分は凍ってしまうが、からだのなかは凍らない。これにもヒトの細胞の組成成分中にケイ素が多く含まれていることが関わっている。この二つの事実から、水はケイ素の多いところで安定するということだった。

岸さんはバランス（陽イオン、陰イオンの質と量）のとれた白馬の水を原水として、彼女が開発したイオン交換樹脂装置で純水をつくる。その純水を半球三重構造チタン製集光装置により水分子の粒径をそろえる。このような独自の方法で超微粒子安定水を誕生させ、岸さんはこの水を「記憶水」と命名した。

この水の話を聞いたときに、私は「ああ、これぞダイヤの雫だ」と直感した。たしかにこの水は粒子が極端に細かいため、不純物の入る隙間がなく、光透過度を増しダイヤのようにキラキラ輝いている。

この水を「ダイヤの雫」と命名し、私は早速意匠登録した。この水は粒子のサイズを基本的に四つのサイズに調整することができる。化粧品は洗い落とす、潤いを与える、保温する、肌理を整える、日焼け止めなど、品物によってそれぞれの役目がある。その目的に応じて「ダイヤの雫」を処方し、他の成分とともに配合してオンリーワン化粧品を開発することができた。

かくして「スタアリィアイ・アシヤ」ブランドの名の下に自然界のゲルをベースにし、美肌効果のあるルイボスエキスを配合し、商品機能を高めるダイヤの雫を添加し、これらを三つの柱とした、「人と地球に優しい」化粧品が誕生した。

阪神淡路大震災と神戸への事務所移転

ルイボスティーの売上も順調に進み、化粧品も開発の方向が決まった段階で、ようやく私も倉庫のような場所から大阪・堂島の五十平米（十五坪）ほどの事務所らしい事務所へ移転することにした。野中さん、大学を卒業してまもない息子二人、女子事務員、セールスの男子社員一人、計六名が新しい出発時点の陣容だった。

ところが「さあ、これから」というときに生まれて初めて体験する大地震が阪神間を襲った。一九九五（平成七）年一月十七日午前五時四十六分五十二秒、淡路島北部沖の明石海峡を震源として、M7・3の大地震が発生、当時の地震災害として戦後最大規模の被害を出したことについては、ここでは多く語るまい。いまだ記憶に新しいと思うからだ。

それにしても、この大震災では六四三四人もの人が犠牲となって亡くなった。私の半世紀の人生においてもっともショックの大きい事象であったが、その十六年後にさらに大きな東日本大震災に見舞われるとは夢にも思っていなかった。数百年に一度発生するかしないかの大地震を、私の人生のなかのわずか十数年の間に二回も経験することになった。

これら二つの大地震も人類に何かを警告しているものと思える。人間はこれまでわが物顔で自然を破壊し、利益追求のため過剰に物を作り出し、その結果、自然界のバランスを崩していく羽目になった。しかし、この厳しい自然現象の前には人間はただひれ伏するしかなかった。大自然は思いあがっている我々に、ときには愛の鞭どころか大鉈を振るってくるのだ。このショックでこれまでの自分中心の行動や、ビジネスでは利益優先で事業を展開したことから目が覚め、他のために手を差し伸べねばと、自分の内にある忘れていた「善の心」を蘇らせた人も数多くいるにちがいない。

このような大鉈の覚醒がなかったなら、人類はますます増長し、やがてこの壊れやすい地球はバランスを崩し、崩壊する破目になってしまうだろう。

私はロンドンで透視した「碧い地球」を思い出していた。地球もヒトも動物も実は皆ひとつに繋がっているのだ。人類が欲のために地球の自然を破壊していくことは、自らの生命を蝕んでいることに他ならない。

この大地震によって目が覚め気づかされたことは、大自然のはかり知れないエネルギーは正にも負にもなるということだった。

自然に代表される地・水・火・風。これらはすべて人や動植物にとってなくてはならない大切なものである。しかし人間が自らを中心にした勝手な欲望で大自然を破壊する行為を続ける限り、大自然はこれからも善の心を覚醒すべく時に大鉈を振るってくるだろう。

さいわい芦屋の私の家は無事だったが、水もガスも出ず、電話も通じず、車では走れない状態で、会社にも三日間は出られない状態になった。結局、会社はというと棚の物が一部床に散乱したほかに目立った被害はなく、他の社員、家族も無事であることを知り胸をなでおろした。

それでも震災後、しばらくは仕事に手がつかなかった。

神戸の被害は筆舌に尽くしがたいほどひどいものだった。しかし、この悲惨な状況であったが、被災地域の人びとの助け合い、他の地域や海外からの支援などで、緩やかだが一歩ずつしっかりした足取りで復興に立ちあがっていった。多くの人がそれぞれうちに秘めている善の心に目覚め、悲しんでいる人、苦しんでいる人びとに優しく手を差し伸べるのを見つめながら、私はそんな神戸に何か浄化するものを感じていた。そんな矢先だった。自宅に配達された新聞広告のなかに、三宮に建つマンションのイラストを見て、何か惹きつけられるものを感じた。この際だから、私も事務所を神戸に移して、震災のストレスやショックのなかで、なぜかシャキッとせず前向きになれない自分の気持を建て直さなければならないと思った。

マンションは十四階で六十七戸だった。最上階は二戸あり、西側はまだ予約されていなかった。久美子とも話し合い購入の契約をした。

一年半後マンションは完成した。東側は隣のマンションとの壁があるが、北、西、南は隣接していないので明かりと風通しのよい設計となっていた。

美しい六甲山脈、地平線に広がる海、震災から人びとが力を合わせ復興していく街を見渡せるこの場所はたいそう気に入った。この環境で仕事ができることは、「人と地球に優しく」を常に意識しつつ、新たな地で励むよう天からいただいたチャンスのようにも思えた。

この三宮の事務所を営業の拠点とし、「神戸本社」とした。ここから車で十分ほどのＪＲ神戸駅の北側に、久美子が母から相続した土地、建物があって、その一部を茶の製造と化粧品の物流倉庫として使うことにした。

阪神大震災を契機として、ここに芦屋本社、三宮の営業拠点とお茶製造と物流倉庫の体制を整えて、ようやく小規模ながら会社の骨組みは出来上がったのである。

新しいステージへ――「五つ星の希い」から五つの商品カテゴリーの確立

会社の土台となる商品は化粧品とお茶であるが、南アフリカで見た「五つ星」からの声なきメッセージは、会社としてみるかぎり、若木が成長してきた段階での啓示であった。そこに五本の枝を生やさねばならない。そこでつぎの五つの商品カテゴリーをスタートさせた。

①ビューティケア（化粧品）
②ヘルシーケア（ルイボスなどの健康茶）
③フーディケア（紅茶などの嗜好品）
④ハーティケア（ギフト商品）
⑤エコケア（環境にやさしい商品）

①のビューティケアの商品は「天然のゲル」を基本とすること。「ルイボスエキス」を配合すること。そこに長野県・白馬の天然水で製造された「ダイヤの雫」を添加すること。この三つをすべての商品のベースにした。その上で、それぞれの化粧品の処方に必要な肌に優しい成分を厳選し、商品を一つずつ誕生させた。商品のラインナップは、基本の「ベーシッ

クケア・シリーズ」として、「ケアリーメイクオフ」(化粧落とし)、ケアリーソープ(洗顔石鹸)、ケアリーローション(化粧液)、ケアリークリーム(保湿クリーム)を開発した。これらの商品は二十代から高齢の女性まで使用してもらえる基礎化粧品であり、敏感肌の人も、乾燥肌の人も、オイリー肌の人もすべての肌タイプの人が使える処方とした。赤ちゃんが使っても安全、安心な品質としたので、これら商品へのクレームはほとんどない。

次に、「エイジングケア・シリーズ」として、熟年層をターゲットとした「アルティメットエッセンス」(シミ、シワ、予防)、「アルティメットクリーム」(保湿、美白用)を開発した。加齢に伴い、どうしてもシミ、シワが増え、肌のハリ、透明感が減少していく。この対策としての化粧品だが、これも先の三つの柱をベースとしてEGF(エピデミック・グロース・ファクター)という皮膚表皮細胞を再生する能力をもつ成分を配合した。このEGFはもともとは戦場で負傷した兵士の傷を治す目的で、アメリカのスタンリー・コーエン博士が発明、これによってノーベル賞を貰ったほど優れたもので、当初は少量でも数千万円もする高価なものだったが、バイオ技術が進んで量産が可能になり化粧品にも使えるようになった。

「ヘア・ボディケア・シリーズ」としては「シャンプー」(ノンリンスタイプ)とマイルドゲルクリーム」(全身用クリーム)の二種類がある。これまでシャンプーとリンスは洗髪に必要と考えられてきた。しかし、リンスは髪にとってできれば使用しないほうがよいことがわかった。そこで私たちはリンスを必要としない処方でゲルシャンプーを開発した。ゲルの特徴である吸着力を活かしたもので、その結果、毛根を元気にし、シャンプーの後ふっくらとした洗いあがりが実感でき、おまけにリンスを別に使わずともよいのであるから、経済的にも効果のあるものとなった。「マイルドゲルクリーム」は一瓶に百五十グラムも入っている、頭皮から足のつま先までの全身用クリーム。オーガニックルイボスエキスをたっぷりと配合した、老若男女が気軽に使えるホームクリームとなっている。他、サポートケア商品としてファンデーションとサンスクリーン（日焼け止め）があるが、いずれも山で採れるゲル（粘土）をベースとして処方していて、極力肌への負担をなくすようにした。

②のヘルシーケアについてはこれまでしばしばのべてきたルイボスティーのことで、すでに二十年近く多くの愛飲者によって支えられているもの。「ジュアールティー」はルイボスとケニヤティーをブレンドした美容・健康茶である。

③のフーディケア商品については、茶類はケニヤ紅茶をはじめ、インド、スリランカ、中国の茶園で採れるお茶を揃えた。さらに、女性に人気のある各種フレーバーティーを作った。お茶のお供として、私もイギリスにいたころよく紅茶と一緒にスコーンを楽しんだ。この経験から、当社でも防腐剤などの添加物を一切含まないこだわりのスコーンを取り扱っている。賞味期限一日という商品だが、「人と地球にやさしく」の会社のモットーに沿った商品にな

っている。また、お茶うけのスイーツとして「ショコラ・マカデミア」を用意した。マカデミアナッツにはオレイン酸やパルミトレイン酸が多く含まれており、血液をサラサラに改善する働きがあるので健康にもよい食材といえる。

④のハーティケア商品はいろいろな種類の紅茶、ルイボス茶をギフトボックスに詰め合わせた「心のこもった贈り物」商品のこと。⑤のエコケア商品は五つ目の商品としてエコなモノを扱うことにしているが、このカテゴリーに関しては開発途上であり、まだこれといった具体的な商品はない。「五つ星の希い」から五つの商品カテゴリーを掲げたが、それらがすべて揃うには、今少し時間がかかりそうだ。

五十五歳にして倒れる――「無痛バランス整体治療」との出会い

四十六歳で脱サラし、たったひとりで電話一本引いた倉庫のような事務所で未知の世界に飛び込んだ。それから十年間走り続け、会社の土台ができてきた頃、私は張った糸がプッツリと切れたように倒れてしまった。五十五歳の七月十九日だった。

その日は真如苑・伊藤真乗教主の命日法要があり尼崎教会で参座していた。法要が始まり三十分も経過したろうとき、急に息苦しい感覚に襲われ心臓の鼓動がトッツ、トッツ、トッツと異常な速さで止まらなくなった。火事を知らせる警鐘のようであった。その場に座っておられず、隣の人に支えられ、後方に下がり体を伸ばせる椅子に横たわった。心臓の鼓動は速いまま打ち続けていた。法要が終わるまで何とかその場にいたが、終了するとすぐ奉仕をしていた二人の女性に車で近くの病院に運んでもらい、血圧を下げ、脈拍もしだいに安定させる処方を施してもらって、気持も少し安定したところで家に戻った。

しかし、家に戻ってからは体が抜け殻のようになってしまい、体に力が入らず歩くこともままならない状態に陥ってしまった。ところが総合病院である芦屋市立病院に行って診断してもらったが、別に悪いところは見つからない。循環器系専門の病院、脳外科の病院など訪れたが、それらの病院でも原因は見つからなかった。

そのまま三ヶ月間家で休んでいた。その間、私はひたすら、十数年も前に立川にある真如苑に行って初めて伊藤真乗教主に出会ったときを思い出しながら、この教主がこのままでは私が潰れてしまうことを察知し、まだ助かるうちに「少し休め」とわざわざ倒してくれたのだと思い、これからは健康に気をつけて細く長く生きること、会社も無理をせず継続させることが大切だと心に刻んだ。面白いことに、この間も会社の業績は落ちるどころかやや上向きになっていた。

そんなある日だった。ある知り合いから、「夏目さん、体調が思わしくないとき、体のバランスが崩れている場合がよくあるんですよ。体のバランスを整える整体法があるので、一度そこを訪れてはどうですか」といってもらった。私は藁をも掴む思いだったので、早速、大阪・蛍池にある「無痛バランス整体」というところを訪れた。まだ四十歳ほどの男性整体師は、まず私を正座させ、背骨を指でなぞるように触れてから言った。

「うーん、これではしんどいはずですよ。背骨が蛇行したように歪んでますよ」

このバランス整体はいわゆる対症療法ではない。体の中にあるたくさんの骨とつながっている筋肉の緊張、弛緩を見つけ出し筋肉のあり方を正常に戻るようにする、独特の施術方法であり、筋肉を正しくプログラムして、体が本来保とうとするバランスを整えていくのだ。そこで二日に一度、このバランス治療所通いが始まった。治療五度目あたりから背骨のゆがみが少しずつ矯正され、一人ですたすた歩けるまでに回復した。これは私にとって大きな驚きであった。

ヒトは二足歩行をする前は動物と同じように四足歩行であった。人類の進化とともにヒトは動物とは違い二足歩行するようになった。そのときからヒトの進化は著しく進んだが、その代償として重い頭を二本の足と背骨で支えて生活をすることとなった。この結果ほとんどのヒトは体のゆがみをもつことになる。その上、私たちは日常生活の中でそれぞれのクセがあり、知らず知らずのうちに体のバランスを崩している。結局、私は原因不明で倒れたことで、無痛バランス整体という整体技術の中でも画期的な方法があることを知り、体のバランスに対する重要性をあらためて認識するきっかけを掴むことになったのであった。

同時に、私の長男がこのバランス整体を知って、自分がほんとうにやりたいことはこれだと直感、「自分がやりたいことを仕事にしていきたいんだ」と訴えてきたということがあった。私はこの長男、太一に「よし、わかった。自分のやりたいことを見つけたことはすばらしいことだ。私としても応援するから新たなチャレンジに向かっていったら」と伝えた。彼はやがてこの無痛バランス整体の創始者である林先生の門をたたき弟子となり、五年間修行を積んで独立した。それから十数年経った今、彼はＪＲ芦屋駅のすぐ北側に治療所をオープンし、私も月に二、三回治療を受け、体調を整えるようにしている。

「病を通して道を見出せ」とあるが、父子ともに道を見出したことになる。五十五歳で倒れたことも、それによって考え方が変わり、長男の人生の方向も変えた。「この世にムダなものは一つもない」ことをこの経験からも教えられた。

そういえば三十歳を過ぎたカリフォルニアにいた頃、こんなこともあった。朝起きたときになんだか体がすっきりしない状態が続いていた。オフィスの階段をのぼると息切れがする。運動不足もあったが、肉食中心で作られた体には持久力や身軽さがなくなっていた。そんなとき現地採用で経理担当だった渡辺氏が察知し、本来の健康な体を取り戻すには玄米、菜食が大切であること、白米、白い砂糖、白い小麦粉の「三つの白」を極力避けること、そして究極の家庭療法「ビワ葉温圧療法」を施術することなど教えてくれた。

神谷富雄著『ビワの葉療法全書』によると、ビワの木はインドや中国の南部が原産地とされているが、三千年前のお釈迦さまの時代からすでにビワの葉にすぐれた薬効があることは知られていた。お釈迦さまの遺言の教え「大般涅槃経《だいはつねはんきょう》」の第五巻「如来性品」に、ビワの木のことを「大薬王樹」、ビワの葉を「無憂扇」と紹介されている。「無憂扇」とは、どんな病気をも癒し、憂いがなくなる扇のような葉という意味だそうだ。

これまでの私は、中学、高校、大学時代をとおして、水泳、柔道、野球、テニスなどいろんなスポーツをしてきたので、体力を維持するためにはとにかく肉食が必要と信じ、毎日の食卓に何らかの肉がないと食事をした気がしないほどだった。そこからの百八十度転換した食生活がこのときの経験だった。

今回はからずも病名不明でぶっ倒れたことで、とりわけ二年間東京に単身赴任していたときについつい外食がちになってその後も海外に行く機会が増えてきたことなどで、玄米、菜食の基本が崩れていたことを思い出した。私は救われたのだった。

NPO法人、アフリカの子ども支援協会（ACCA）設立

会社理念「五つ星の希い」はアフリカで初めて見た南十字星から生まれた。南アフリカ、

ケニヤに行ったとき、現地の子どもを目にする機会が多くあった。あるところでは学校の学舎がなく子どもたちは木陰で木の枝に黒板をぶら下げて授業を受けていた。雨が降ると授業は一時中止になる。それでも子どもたちは屈託のない笑顔で眼を輝かせて雨の止むのを待っていた。こんな風景を見るたびに私は思ってきた。

「この子どもたちも日本や先進国の子どものようにもっと学べるいい環境、いいチャンスがあればいいのにな」

この思いが実現するまでに十数年かかった。ルイボスティー、ケニヤティー、ジュアールティー、そしてルイボスのエキスを配合した化粧品などの販売も、アフリカの恵みにより実現していることだった。このことに感謝し、二〇〇九（平成二十一）年一月、NPO法人、アフリカの子ども支援協会「ACCA」を設立した。

最初の支援は、南アフリカの元大統領マンデラ氏とともに反アパルトヘイト運動を長く続けてきたパトリック氏の展開する、南アフリカの「ツーシスターズ」という、親のいない子ども、何らかの理由で親から離れている子どもを預かる施設に、アート面から絵を描くためのクレパス、水彩絵の具、筆、パレット、画用紙のセット五十人分を送ることだった。施設には幼児から十五歳ぐらいまでで三十人の子どもがいた。

三ヶ月経って、子どもたちの描いた絵が私たちの元に届けられた。ほとんどの子どもがいろんな色のクレパスで画用紙に描くのは初めての経験だった。しかし、想像以上に子どもの純心な気持が絵に表現されていた。その中から十二点を選んで絵ハガキ、クリアファイル、ルイボスティー商品のラベルなどをつくり、そこから得た利益を施設へ支援する資金とした。現地の子どもたちには、「あなたたちの描いた絵がこのように日本で活用され、お金を得ることができたのですよ」と施設の先生から説明してもらって、子どもたちの自立の意識を育む一助としてもらうことにした。

芦屋には「芦屋キワニスクラブ」という、地域や世界の子どもを対象にしたボランティア団体があって、私も設立当初から関わってきた。市の主催で芦屋川沿いで毎年行われる「あしやさくらまつり」にもキワニスは出店し、ポップコーンや飲み物を販売して子ども支援資金を捻出する。このお金をどこに支援するかが役員会で話し合われたときには、ACCAを通じてツーシスターズに寄付することを提案承諾された。パトリック氏に連絡すると、「まだ水道設備がないので、水を貯蔵するタンクをください」ということで、高さ三メートルの筒型でグリーンカラーのタンクを二つ送った。子どもだけでなく、その地域の人たちもこのタンクを利用しているとたいそう喜ばれた。

その後パトリック氏と子ども三人を日本に招待する企画もあり、その経費の一部も支援した。キワニスの協力を得て、西宮市にある親と住めない子どもの施設を訪問、一緒に絵を描いたり、サッカーをしたり、言葉、人種の壁を越え、心ひとつになり楽しく交流する機会となった。

ミュージックの面でも計画をたて、日本の小学校では音楽の授業でリコーダー（縦笛）を使って音楽教育をするが、中学になるとこのリコーダーは家にしまい込まれ忘れ去られる。このリコーダーをアフリカの子どもに再利用してもらう計画をたて、これには関西学院の学生だった古川彩加さんがリーダー役を引き受けてくれた。二ヶ月間で三十本ものリコーダーを集め洗浄し、一本ずつ透明ポリ袋に封印し、来日中のパトリック氏に贈呈した。

そして、今検討されていることは、サイエンスの分野として「ソーラープロジェクト」を現地指導することだ。たまたまハワイ島にある世界最大の天体望遠鏡を造ったときに設計を担当した福寿喜寿郎という方と知己を得て、太陽熱有効利用について勉強をはじめており、私は今大きな期待を抱いて、その日の到来の一日も早からんことを祈っている。

こうして、この本の冒頭でのべた会社創業二十周年記念パーティを無事迎えることができ、この日は「五つ星の希い」の中の「信頼のパートナーづくり」のための一環として、貴重な一日となった。同時にこの日は次の三十周年に向けての通過点であり、あらためて、「人と地球に優しく」の経営理念と実践徳目「五つ星の希い」を指針として熱い想いに駆られた。

五つの真理を高く掲げて――私の人生の中での発見

ふり返り、くり返し思うこと

私は一九四四（昭和十九）年九月四日、中国・天津で生まれ、三歳で日本に引き揚げ、五歳だった七夕の日に幼稚園で笹につける短冊で願ったことが、その後六十数年の人生を通じいろいろの体験を経て実現していった。経糸となり緯糸となり私の人生のタペストリーを織っていった。

このことを、この本では具体的に語ることで、私自身もう一度逐一反芻したいと思ってきた。そこにはその折々、私自身も気づかなかった「宇宙の真理」が星のごとく散りばめられていた。何かあるごとに「ゼロからの挑戦」と言い聞かせてきた、私なりに学んだ真理のいくつかを纏めると次のようになる。

⑴人が願うことは、それが本気であれば実現する。
⑵人は自己のうちに「真のダイヤモンド」（善なる個性）を秘めている。

(3)この世は「因果の法則」で成り立っている。
(4)この世に「常」なるものはない。
(5)この世でムダなものは何一つない。

なぜこんなふうに纏められるかは、やはりこれまで述べてきた私のタペストリー（つづれ織）を読んでいただけたらと思う。ここで補足するのは、そこに織り込まなかった、ごくプライベートな一部である。

第一の、人が願うことは本気であれば実現するとは、一つは家になる。人は若い頃は物欲がとりあえず人生を幸福にする目標になり、そのためせっせと努力を重ねる。中高年になってくると今度は出世欲や名誉欲が大きくなり、肩書きにこだわったり、もっと認められたいという気持が起こってくる。

私の一家は引き揚げ者だったから住む家がなく、とりあえず大阪にある伯母（母の姉）の小さな家の一部屋を間借りして、それから後もヤドカリのように借家を転々とした。おかげで子ども心にも何か落ち着かない気持が心の片隅にあり、いつか自分たちが安心して住める家が欲しいとつねに強く思ってきた。

この気持が動機になり、小学校の時から友人の古田君が建築事務所を始めたときから、「いつかマイホームを建てるときは、きっと相談するからよろしく頼むよ」といってきた。三十九歳のときに、芦屋の中心地茶屋之町に、古田君のデザインで鉄筋コンクリート三階建ての家が完成した。この時はほんとうにうれしかった。もっとも今も三階建て六部屋の家に住んでいるが、子どもたちが独立して家を離れた今、主に使っているのは二階のリビングと三階の二部屋だ。仏教には「足るを知る」という教えもあるが、広くなくても妻と二人で快適に住めるこじんまりした家があれば十分だ。

車に関しても同じことがいえる。十九歳のある日芦屋川の畔を散歩していて初めて見た「マスタング」についてはすでに述べたが、その車を本気で欲しいと思った甲斐あって、アメリカに駐在していた二十五歳のとき迷わず手に入れた。以後「サーブ」「ポルシェ911」から、最後は「ベンツ」を数台乗り換えることになった。といって、今は特に欲しい車はない。どんなに凄い車を持っていても、その車で来世に乗って行くことはできない。ただ、車を例にして、物欲だろうが何だろうが、自分がほしいと願ったことはやがて実現するということはわかった。

他、二十五歳のときに妻・久美子と婚約したが、当時の給料では正式な婚約指輪は買えなかった。シカゴのダウンタウンでダイヤの卸売店があり、そこで二年遅れで本来の婚約指輪をプレゼントしたことはやはり忘れられない。妻とイタリア・ミラノに旅行したとき、観たいと思っていた「スカラ座」のオペラ公演などいろいろあるが、ここでは物欲という例えを借りながら私が強調しておきたいのは、いくどとなくくり返してきた「ゼロからの挑戦」の経験からえた本気のことで、そこから真の力（エネルギー）も湧いてくるということだ。

この点、人は自己の内に「真のダイヤモンド」（善なる個性）を秘めているという自覚を得たことこそは、今、生涯を顧みて、限りなく大きく深い。

なるほど、私のささやかな経験をとおしても「モノ」や「カタチ」は確かに強い願望があり少し運が向いてくれれば手に入ることはわかった。

しかし、いくら手に入れても所詮モノはモノであり、ほんとうの幸せをもたらすものではない。では、何が本物の幸せをもたらすのかと探し始めたときに、そのきっかけになったものこそは仏教の中の「真如密」であった。

ユダヤ教、キリスト教、イスラム教は一神教で、神と人との契約であり、人は絶対に神にはなれない。ところが真如の教えでは、人には誰でも仏陀（目覚めた人）になれるチャンスがあるという。ここに一神教とはまったく異なった信仰の原理がある。一神教の「死んで天国にいける」のとは違い、真如の教えでは生きながら仏になれる。すなわち、本気で続行すれば至福の境地「常楽我浄」に達することができるというのだ。真如は、「人は誰でも自己の内に仏性（善性）をもっている」と説く。つまり人それぞれに異なった「ダイヤモンドの原石」を内に秘めているということだ。どれだけ多くの資産があっても、豪邸に住んでも、高級車を乗り回しても、名誉があっても、それらは所詮はモノやかたちであり、死んであの世に持っていけるものではない。なるほど、それらのものに囲まれて生活することには満足があり、楽しみでもあり、悪いことではないだろう。しかし、モノやカタチでは心のなかに太陽のような明るさ、「至福」をもたらすことはできない。

　ここで話が元に戻るようだが、本気で願ったことは実現するとは、ほんとうは「因果の法則」に基いているということである。桃栗三年柿八年という諺があるが、つまり桃、栗、柿にとって種が因で実が果になる。桃と栗は実がなるのに三年かかるが、柿も同じように三年で収穫しようとしても無理であり、八年かかるということである。宇宙はすべてこの因果で成り立っている。よい行いをすればよい結果をうることになる。当然のことながら、悪い行いは悪い結果をもたらすことになる。これは宇宙の真理である。人の内にも「善」と「悪」が共存して潜んでいる。人にとって、この世に生を受けて、自分の中に善なるものを見つけ輝かせるのか、悪なる因縁に翻弄されて一生を終えてしまうのか、人生の大きな分れ道となる。

　阪神大震災は多くの人に深刻な被害をもたらしたが、被災者同士の助け合い、被災しなかった国内外の人びとによる多くの支援を見ていると、「自分だけが助かろう、よくなろう」という心より、「何とか他の人のために役に立とう」とする、人間本来持っている「善なる個性」が強く働いていて、私はとても感動した。まさに、自分がかわいい心は誰しも持っているが、「人」という字が左右互いに支えあっているように、「自分だけ」の心から「他に向ける心」を持って行動することこそが、すべてビジネスの場合にも大切だ。これは人に対してだけではなく、この地球の生きとし生けるものすべてに対して、そのような気持をもって行動しなければならない。これにより善なる「因」を生み出し、その結果善なる「果」をもたらすことになる。見返りを期待しない善なる行動にはやがて善なる結果がブーメランのように戻ってくる。決して難しいこと、大きなことをするのではなく、先ずは周りの人が喜ぶような言葉をかけるとか、笑顔を向けるとか、手助けをするとか、日常の生活の中で出来ることの積み重ねによって、次第に「善なる個性」が活躍しはじめ、その個性を磨いていける。人生の究極の目標「真のダイヤモンド」をキャッチすることができる。

ここでまた、モノやカタチに話をもどそう。家、お金、宝石、車等のモノ、幸福・美・健康のカタチには「常」なるものはない。

私の経験に即せば、アメリカでラッド社長らと共に年間二千億円もの売上を達成した「フィッシャー」ブランドも水泡のごとく消え去り今は影も形も残っていない。私たちがアメリカ市場で戦った日々は夢のようであり「盛者必衰」の理《ことわり》を自らも体験した。三洋本社についても、一九四九年に設立された三洋電機は二〇〇九年、六十年経った還暦の年にパナソニックの子会社となり、「ＳＡＮＹＯ」ブランドは世界から姿を消した。守口市の十階建て、延べ床面積約二万九千六百平米あった本社ビルも「パナソニック」の看板に塗り替えられ、やがて守口市役所に変わろうとしている。

先日、イギリスを舞台にした探偵ドラマ「シャーロック」（現代版シャーロック・ホームズ）をテレビで見ていたら、ドラマの最初の場面にピカデリー広場のネオンサインが目に飛び込んできて、ど真ん中に「ＳＡＮＹＯ」の白地に赤く輝くネオンサインをはっきり見た。私が四十歳、イギリスに赴任していた当時、年間一億円もの費用を投じてつけたものだった。懐かしさが蘇ると同時に「常なるものはない」無常さをひしひしと感じた。

といって、ただ無常で終わってしまっては未来に希望が持てない。これらモノやカタチへの執着から離れ、生きながら至福の境地を得られることを、私の場合は仏教の「真如密」から学んだが、このことは最後の章で語ろうと思う。

思えば、私は中国・天津で生まれ、三歳で日本に父母と引き揚げる体験をした。その体験そのものも「ゼロからの挑戦」であった気がする。そして新たな挑戦をする度に「何でまたこのような事をせねばならないのだろうか」と自問自答してきた。しかし、何度も新たなことを始めていると、「うーん、これは何かが私に、今生で出来る少しでも多くの経験を積むように仕向けているのだ」と、思えるようになってきた。確かに初めて経験することは、人一倍の努力、忍耐も必要で、辛い時も多々ある。でも、その一つ一つを耐えていくと、やがてこれらの経験には何ひとつムダがないことに気づかされてくる。一つ一つが竹の節目のようなものということだ。厳しい寒さの時期をじっと耐えることで節は出来、強風や豪雨にさらされようともしなやかに曲がり決して折れないものとなる。人生の節目節目に、その時に必要とする人と出会ったり、さまざまな事象と遭うことも偶然でない因果である。

南アフリカで無数の星の中で目にした五つ星の南十字星の輝きと呼応するように、私の人生の中でも五つの真理が輝いた。

信仰と私――すべては伊藤真乗教主とのめぐり会いからはじまった

イギリスで真如苑を知る

二度目の海外駐在、カリフォルニアに赴任していた頃、仕事の関係で現地のいろいろな人と話し合ったなかで宗教の話も出た。そのなかにホセという名のメキシコ人がいた。彼は熱心なマリア信仰の持ち主だった。ホセは私が信仰心を持っていないのを感じ取ると、「信仰のバックグラウンドがない人は野蛮人と同じレベルだよ」といって、あるカソリック教会の目から涙を流している聖母マリア像の写真や、教会の屋根の上で聖母マリアが両手を広げて教会を包み込んでいる姿の写真を私に見せた。ポケットから数珠のようなものを取り出すと、「このロザリオを握ってごらん。きっとあなたにも幸せが訪れますよ」と、私の手に握らせた。

そういえば、海外で逢ったほとんどの人はキリスト教、イスラム教、ユダヤ教、ヒンズー教、仏教など、それぞれの国、地域、人種によって異なるが信仰心をもっていた。信仰心を持つことが生活の基盤だった。私はそれまで宗教を意識することはほとんどなかったが、このような出会いが重なるにつれ、私の頭の中にも少しずつ宗教の意識が芽生え始めた。そこで三度目の海外赴任にロンドン行きが決まったときには、とりあえず宗教の入門書のようなものを三冊ばかり鞄の中に入れていった。ところが数ヶ月して家族がやってくると、すぐ久美子が、「太一のお友達のお母さんから誘われて真如苑という密教の教団に入信したの。亡くなったお父さんの施餓鬼供養もここでできるというし、新興宗教ではないので安心だし、いやならいつでもやめられるということだから」と言う。

このときは私は特に抵抗もなく、「ああ、そう」と軽い気持で思っただけだったが、なぜか「新興宗教ではない」というひと言が耳に残って、「じゃあ、いったいどんな仏教なのだろう」という関心が残った。

それから二ヶ月ほどして、日本からY婦人が真如苑の布教師としてロンドンにやってきた。Y婦人は霊能布教師としてヨーロッパ各地を巡っているということだった。ロンドンではまだ精舎がなく、ふだん家族集会を開いている一駐在員の家で集まりがあるということで、家族と共に私も出かけた。Y婦人は六十歳ほどの日本人離れした彫りの深い顔立ちの方で、この日は和服姿で、次のようなことを語ってくれた。

「教主様は立川飛行機の優秀な技師だったが、裕福な生活をすべて捨て、人一人の救いの為に宗教専従の道に入られたんですよ。教主様はキリスト教も含むあらゆる宗教を勉強した結果、最後に辿りついた教えがお釈迦様が涅槃の時に説かれた遺言の教えだったのです。この最後の教えは「大般涅槃経」という経典で、教主様はこれに出遭ったときには（これですべてが救われる。究極の教えだ！）と小躍りされるくらい喜ばれたのです。ここに至るまで教主様は京都の醍醐寺で出家、在家の法流を命かけ修行されその全てを相承されたのです。この法流は大日如来から綿々と受け継がれ、空海は中国に渡って恵果和尚から相承し、日本に持ち帰った。その後も血脈にふさわしい方々に相承され、やがて醍醐寺の佐伯座主から教主様が血脈を相承されたのです。真如苑にはその血脈書が大事に保管されています。だからこの教えは紛れも無く新興宗教でない日本でも最も古い宗教と言えますね」

信じられないかも知れないが、この今、Y婦人の言葉にさしかかったとき、私の左手のクスリ指が、何者かにそっと数センチ左側に誘導された感じがした。音は聞こえなかったが、「ボッ」という感覚があった。なんと、キーにタッチしていないのに、あの三十年前のY婦人の語ったくだりが太い文字サイズに膨らんだのだった。思えば、この時のY婦人のメッセージこそが、自己に内在する「真のダイヤモンド」を求めるきっかけになったのだった。

今、自分史に留まらないで、一人でも多くの人に自らのうちに秘める「真のダイヤモンド」

を見出して欲しいと書き継いでいるのは、この左手クスリ指を通した啓示による。そこでそのとおり文字を太くゴチック体にしたが、私が操作したからでは決してない。年配でパソコンを使うようになった私は、字体や字の大きさを変えるという操作をもとより知らないので、できないからである。

真如苑・総本部を訪ねて――教主と面会

私が初めて真如苑・総本部を訪れたのはイギリスでの家族集会から数ヶ月後、イギリスに赴任してちょうど一年を経過した頃であった。たまたま一時帰国する機会があり、仕事の予定のない日ができた。

総本部の門に着いたとき、そこが仏教のお寺のイメージではなく、現代的な白亜の建物だったことにまず目を見張った。初めての訪問なので要領がわからなかったが、信徒の一人がていねいに案内をしてくれて精舎の中に入っていった。内部を見学していると、やがて、「今、教主様が一階の事務局に来られました。どうぞお会いになってください」と、声をかけてもらい、ここでは信徒の方は皆「教主さま」と呼んでいるのを知った。ロビーに行くと一杯になるほどの信徒の方々が伊藤真乗教主が来られるのを正座して待っていた。そのうしろにいると、「海外から来られた方ですね。どうぞ前のほうでお会いください」と背中を押してもらい、最前列に進み出た。

白髪の老人が車椅子に乗って出てこられた。今から思えば伊藤教主は当時八十歳ぐらいだったであろうか。事務局の人から耳打ちされたあとおもむろに私のほうに向かって「お仕事は」と尋ねられた。返事をすると事務局員がやや大きな声で再度私の言ったことを伝えた。そのあとジッと私に慈愛の眼を向け、「ああ、そうですか。これからもお仕事頑張ってください」と言われた。後にも先にも、伊藤真乗教主にお会いし会話できたチャンスはこの一回のみであった。

このときは私は教主の言葉を、ごくふつうの初対面のあいさつのように受けとめていたが、その「お仕事は」という短い言葉の中に、実は深い意味があったことに後になって気づいた。そのときの仕事をいつまでも継続するのではなく、何か別の仕事に従事することを先見の明で予知されており、「そのときはしっかりやるように」という言外の意が含まれていたのだ。その通り、私はイギリスに赴任して二年ばかり経った四十歳をすぎた頃、右肩のあたりに「碧い地球」のイメージを感じ、人生の折り返し地点で、次に関わっていく仕事を模索し始めていたのだった。

四十歳までの私の人生はとにかく自己流で何とかやってきた。そこから後半の人生に入ろうとするときに、尊くも伊藤真乗教主とめぐり会える機会を得たのである。

当然のことながら世の中の宗教、哲学は多種多様である。それは例えば、山の頂上に上るのにも幾通りの道があるのと同じである。宗教はいずれも基本的に平和と幸福を願っている。しかし、その目的は同じであっても、私がイスラエルを訪問した時に見た嘆きの壁は、長い年月にわたる宗教対立で多くの血を流した歴史を物語っていた。

仏教にもいろんな宗派があり、修行の方法も様々である。俗世間から離れ山にこもり厳しい環境に身をおいて荒行をする人、四国八十八ヶ所を徒歩巡礼する人など、何とか悟りや心の安らぎを得ようと修行に励む。だが、苦行、難行を繰り返しても「真の悟り」に達する人はほんとうに何人いるだろうか。自分はこの修業で悟りの境地に入ったと錯覚する人はいるかもしれないが。キリスト教では死んだ後、天国に召されるそうだ。イスラム教ではジハードで尊い命を投げ出し神に救われるという。すなわち、今この世に生きているうちに至福の境涯を得ることはほぼ不可能だ。

だが、真如密では「この世に浄土がある」と実感できる教えを説く。真如密においては、山頂にある至福の境地を目指す場合、次のようにわかりやすく説明する。

山の麓に「秘密の扉」、エントランス「E」があって、そのドアを開けると山頂につながるエスカレーターがある。そのエスカレーターはただ乗っただけでは動かない。エスカレーターの階段を頂上に向かって一歩一歩踏みしめていくと自動的にエスカレーターが山頂に向かって動き出す。エスカレーターの上で休憩するとエスカレーターも止まる。もし、エスカレーターの上で一歩でも下がるとエスカレーターも逆に下がっていき山頂からは遠ざかってしまう。

このエスカレーターと頂上の間には四つのドアがある。これは「歓びのドア」であって、他者のために実践していくと一つ目のドア「D」の鍵を入手し次のレベルに上がっていける。自らの行いが他者を救い歓ばせ、自身も歓びになると二つ目のドア「C」が開けられる。この歓びがさらに周りに大きく広がっていき、あなたも共に大きな歓びを得ると三つ目のドア「B」を開けられる。

さて、最後のドア「A」は、それまでのドアと違って鍵は掛かっていないが、ドアの内側からは開けられない。そのドアの前に立ち、世の為、人の為に尽くす本気の覚悟を決め前に一歩踏み出す。するとドアセンサーが感知し自動的に開く。そのドアをくぐると雲一つない澄み切った青空と温かく優しい太陽の光を浴びる山頂に出る。そこが「常楽我浄」といわれる悟りの境地だ。

このように真如密教では苦行、難行は無理にせず、日々の暮らしの中で歓びで楽しく利他行を重ねることにより、自己の内に素晴らしい世界を得ていけると説く。

それは、伊藤教主が京都・醍醐寺に於いて出家、在家のあらゆる法を納めた上に、更に研鑽を極めて、この真如密を生み出されたからであった。

醍醐寺での修行は厳しく、最後まで貫いた修行者は長い期間いなかったが、伊藤真乗教主は出家修行者、在家修行者の法流の意義を究めて灌頂《かんじょう》を受けられた。暑い夏には腕に蝋燭を立て手蝋の行をおこない、冬には家の外に前夜から置いた盥の凍てついた水を割って百度百杯の水行。睡眠をとる間もほとんどない高尾山の滝行。これらの筆舌に尽くしがたい苦行、難行を納めての悟りの境地を得たのが灌頂だった。その後も法難があり厳しい時期もあったが、真如密の教えが正法であるがゆえの法難であり、み仏を信じ乗り越えられた。そして三つの教えの柱を打ち立てられた。「伝統の法脈に血縁、釈尊遺言の教えである『大般涅槃経』を経典とし、真如にしかない接心修行である『神通霊妙』を得た。こうして、私が厳しい修行を納めたから、あとに続く人たちはこのような苦行はしなくてもよい」と話されている。

真如苑独自の神通霊妙、接心修行で心を浄化し、大乗利他の実践行を喜びをもって積み重ねていくところに、常楽我浄の悟りの境地が待っているということだ。だからこそ、この教えを本気で修行する人は敢えて苦行、難行をしなくとも、秘密の入口を入りエスカレーターに乗って大乗利他の実践を歓びで行い、四つのドアを潜り抜け山頂に到着できるのだ。

四十歳で伊藤真乗教主にめぐりあえたことは、何ものにも代えがたい仏縁であった。

お釈迦さまの説かれた「遺言の教え」とは

お釈迦さまは何の不自由もない裕福な釈迦族の王子としての生活に、ある時ふと疑問をもたれた。「はたしてこの人生は自分にとって真の幸せといえるものだろうか」と。そして「どんなに物があり、形がよく、名誉があっても、それによって本物の至福とはいえないだろう。たとえば、生まれたものには必ず老衰がやってくるとすれば、生まれたことは災いである。この世に生を受けて、私が得なければならないことはきっともっと他にあるに違いない」と思惟された。

そして二十九歳になった夜、妃や幼ごの寝ている間にひっそりと城を抜け出して、本当の真理を得るための修行の旅に出られた。でも、出家して六年間、難行苦行を続けられたが、自分の求めているはずの心の幸福、悟りは得ることができなかった。一緒に修行していた五人の修行者もかれを見捨てて去ってしまった。そんなある時だった。スジャーター（善行《ぜんしょう》）の名でよばれる娘に出会った。ネーランジャラー河（尼連禅河）の岸辺で水浴し、衣をまとって東方に向かって坐っておられた時だった。娘は王子のやつれた姿を見て、すぐにこの人は気品のある尊いお方だと気づき、かれが元気を回復するようにと乳粥を四十九個の団子に作ってさし出してくれた。なぜなら四十九日間悟りを開く場所で過ごすのに必要な食物だったからだ。王子はこの供物のおかげで元気を取り戻し、やがてニレンゼンガ（菩提樹）

の大きな木の下で座禅を組んで瞑想に入られ、ついに全ての心の魔を退け、悟りを開き仏陀になられた。

仏陀はまず五人の弟子たちに教えを説かれた。そこから仏陀の教えは次第に広まっていった。この仏陀が説かれた最初の教えは、「華厳」という経文に収められている。その後、「阿含」「方等」「般若」「法華」と、人心のレベルに合わせて説いていかれた。その間、「法華」の教えの項、なんと釈迦族は殲滅されてしまわれた。このことにお釈迦さまは深く憂えられたがなおもひるまず道を説かれ、三十五歳から四十五年間説いてこられた最後に、この世に命あるものすべてが救われる「大般涅槃経」を遺言の教えとして遺し、入滅された。

釈尊入滅後二千五百年経ち、埋もれていた「遺言の教え」は伊藤真乗により、蘇ることとなった。

真如苑の教えとは

元々は無神論者だった私だが、真如苑の教えは、なぜかすっと腑に落ちた。

それは、前述した、取引先のメキシコ人・ホセ氏と話したすぐ後だったことや、妻が先行して入信したことがきっかけになったのかもしれない。

これも前に述べたが、三度目の海外赴任に際して、宗教の入門書を三冊ばかり持参したのも無意識の縁なのかもしれない。
ともあれ、無神論者だった私にも、心にすっとなじんで、安寧感につつまれた。以来、自分なりに熱心に信仰を続けている。
ここで少し簡単に紹介してみたい。

伊藤真乗（一九〇六～一九八九）
在家仏教教団・真如苑の開祖・教主。
真言宗醍醐派総本山、醍醐寺で修行、法脈を相承し大阿闍梨となる。一九三八年、醍醐派の分教会として、立川不動尊教会を設立。醍醐派の古刹常宝院（現東京都武蔵村山市）の特命住職を兼務していたこともあるが終戦とともに合同真言宗から独立し、一九五二年に真如苑を開創する。
釈尊の遺教である大般涅槃経を所依の経典とする新たな密教体系・真如密を完成し、祖山の醍醐寺から大僧正位を贈られた。その生涯は大乗利他を貫くものであった。

真如苑の概要
真如苑の開祖である伊藤真乗は、真言宗醍醐派総本山醍醐寺で得度した後、修業を重ね、真言密教の奥義を修めた。その後、さらなる研鑽を重ね、「大般涅槃経」を所依の経典とする新たな教法の体系、「真如密」を完成させた。

宗教家としての伊藤真乗が特に重視したものは、人々のために何ができるかという実践にあった。

伊藤真乗が出家として仏道を歩むのではなく、在家教団・真如苑を開き、現実の社会に生きる人々の悩みや喜びとともに生きることを決意したのは、その実践の現れであり、同時に、複雑化し多様化する現代社会の中で、これからの仏教はどのようにあるべきなのかという問いに対しての答えでもあった。

伊藤真乗が目指したのは、一人でも多くの人が自らの内にある「仏性」に気づき、それを磨きだし、喜びに満ちた世界、すなわち浄土を現世に見出す心を確かに持てるようにすることだった。

しかし現実の社会にいるかぎり、自分一人だけ平安な心でいることはできないので、仏道に生きる者は日々を生きるうえでも、社会に貢献し、現実の世界を喜びに満ちたものに変えていかなければならないと伊藤真乗は説いた。自分のためにではなく、まず他人のために。それは、大乗利他の精神に基づくものであり、そのことを一人でも多くの人が実践することによって、世界が平和で喜びに満ちたものになるようにという祈りであった。

伊藤真乗が遷化してからは、伊藤真聰が苑主として法統を受け継いだ。その後教線は国内外に広く伸展し、現在国内拠点九十七カ所、海外拠点三十三カ所にいたっている。

真如苑の教義

三つの柱

一、伝統法流

二、大般涅槃経

三、神通霊妙

一、伝統法流

・醍醐寺は弘法大師の孫弟子聖宝・理源大師によって開山（八七四年）され、真言法流の中心寺院として仏教史に重要な地位を占めている。伊藤真乗はこの醍醐寺で修行し、すべての法流を相承して大阿闍梨となり、大僧正位を贈られている。

・現苑主・伊藤真聰も真乗より法流を継承した後、醍醐寺より大僧正位を贈られ、一九九七年の真如三昧耶堂落慶法要を醍醐寺金堂（国宝）で執行している。これは千年を超える醍醐寺の歴史のなかで、女性が導師をつとめた初めての例になった。

二、大般涅槃経

釈尊の入滅に際して、これまでのすべての仏教の教えを総括し、遺言として語り遺したとされる大乗経典。

「大般涅槃経」の四大聖旨

・「如来常住」　仏陀の真の生命は永遠である。

・「一切悉有仏性」　すべての生きとし生けるものには本来悟りを得る可能性が備わっている。

・「常楽我浄」　この世は「無常・苦・無我・不浄」の世界ではなく、悟りの境地から見たならば、常住であり、喜びにあふれ、何ものにも束縛されず、どこまでも清浄な世界である。

・「闡提成仏」　極悪人でさえ、心あらためて努力すればかならず救われる。

三、神通霊妙

・真如苑では、大般涅槃経にも説かれている神通霊妙という説明の難しい現象が存在すると考えている。その特徴的な修行の一つに真如苑の禅定行である「接心修行」があり、これを伊藤真乗は「自己の主観を客観において眺める」修行であると語っている。具体的には、霊能者と呼ばれるミーディアム（媒介者）を鏡として、自己の心を観じる修行法であり、この修業によって気づいたことを、日常生活に生かしていくことで、利他に生きる生活を実践することを目標としている。

社会活動

●早朝清掃（国内5812カ所の駅や公園など公共施設の清掃奉仕）

●阪神淡路大震災をきっかけにボランティア団体SeRV（Shinnyo-en Relief Volunteers）を設立、災害時の緊急支援活動を行う（これまで3カ国、70カ所で活動）

●カンボジアでのプロジェクトによる教育支援活動およびアンコール遺跡群修復事業への協力活動

●Shinnyo-en Foundationを設立、アメリカの倫理教育プロジェクトに助成

●奈良東大寺正倉院に断片や資料のみ残されている古代楽器を復元し、その響を現代に蘇らせる古楽器復元プロジェクトへの支援

●林業の衰退とともに放置された東京都青梅市の森林を入手し、人と自然が触れ合う里山として蘇らせる環境保全活動を展開

●国連児童基金（UNICEF）、国連世界食糧計画（WFP）、国連難民高等弁務官事務所（UNHCR）等への支援

など

私も、仕事仲間や友人たちと2団体のボランティア活動に参加しているので、真如苑が社会活動により教えを実践していることも、すばらしいことだと思っている。

誰もが「仏」になることができる

伊藤真乗教主は「誰もが真如の教えを精進することによって仏になれる」と言い切っている。つまり「悟りを得る」ことができるということだ。

一九六七（昭和四十二）年、教主は苑主・摂受心院を伴って、ノルウェー、デンマーク、スウェーデン、イスラエル、イギリス、フランス、スイス、イタリアの八カ国を歴訪、最後に法王パウロ六世に謁見しメッセージを交換した。このとき教主は自ら謹刻した涅槃像を贈呈、法王は訪問者全員にお守りを握らせた。ここで教主は「仏の教えも、神の教えも、求めるものは一つ人類の平和と幸福」と伝え、法王も深くうなずいて、「私の日本の宗教に対する格別の友情と信頼が揺るぎないものになりました」と何度も手を握り、「お互いにこの大きな目標に向かって努力しましょう」と誓い合った。

余談になるが、この日伝統ある仏教とキリスト教とが霊的に和合した謁見の場で通訳したのは永田牧師という方で、くしくも、彼は後にローマから日本に帰り、私が勤務していた三洋電機で同じフロアで働いた。当時私は「およそ営業には不向きなおっとりした人だな」と思っていた。それが二十年後、「歓喜世界」という季刊誌に掲載された写真で彼だったことを知り、同一人物であることに戸惑いを感じるほどびっくりした。

ともあれ、「人類の平和と幸福」は、世界のすべての宗教が願うところである。これを実現していくために、それぞれの宗教はこの聳え立つ山に向かう。その山の頂に到達するのにはいろんなルートがあり、真如の教えには山の裾に秘密のドアがあり、その中に入る（入信）と山頂につながるエスカレーターがあると説明し、在家の真如教徒が取り組みやすくするための「三つの歩み」に集約した。

それらは「お歓喜、ご奉仕、お救け」であり、この三つを日常の生活の中に喜びで取り組んでいくうちに、自らの内にある真のダイヤモンド（仏性）に気づく。この境涯がレベルアップしていく度に輝きを増し、やがて四つのドアをクリアして、ついに悟りの境地に至る。つまり利他の実践である。真如み教えにご縁のない方も、世のため人のため周りの人びとが歓ぶようなことを取り組んでいくことで、いつかは至福の境地に至るチャンスを得られることを信じたい。興味を示された方は中公文庫の『真乗　心に仏を刻む』を読まれることをお薦めしたい。人は神との契約というかたちで成り立ち、死んで天国に迎えられるという一神教とは違う、この世において至福の境地を得られる仏教・真如の教えがわかりやすく説かれているからだ。

伊藤真聰苑主と大願

伊藤真乗教主は今から五十数年前に、「真如の教えはこれからの日本観ではなく世界観に立っていかねばならない」と述べた。その頃の規模はまだ大きくなかったが、教主は、必ず世界平和を推進していく要の教えだと固く信じて疑わなかった。

教主の手によって海外で最初の布教所を開設したのは一九七一（昭和四十六）年、ハワイであった。その後広く世界五大陸の隅々にまで浸透していき、私はイギリスに駐在していた時このダイヤの雫（真如み教え）を受けた。以後、伊藤真乗教主の後継者・伊藤真聰苑主は、「人類・地球・宇宙を救う」大願を受け継ぎ、世界に向けて新しい扉を開いていく。人類の発祥の地といわれるケニヤの奥地での原住民とコラボした護摩法要、ニューヨーク・マンハッタンでの水施餓鬼法要、南半球ペルー・クスコ（標高三千七百メートル）の護摩法要など枚挙にいとまがない。

伊藤真聰苑主は真如教徒の間では「継主さま」と呼ばれ、その優しい温かいリーダーシップが身近に感じられ親しまれている。海外での法要には他宗教の代表者、教育界の方々、経済界の代表者たちも招待、宗教関係者に留まらないで、あらゆる分野の指導者にも真如のみ教えを通じ、「人類の平和と幸福」の実現に向かって邁進している。

たった二人で踏み出した真如み教えは今や百万人を超える信徒を持つ大教団となった。教団を大きくすることが目的ではなかったが、「人びとを救う」根本精神と「世界平和」への誓願が実り、国の境を越え、宗教の枠を越えて地球全体に広がりを見せている。

真如の教えはお釈迦さまが入滅の時に説かれた究極の遺言の教え、「大般涅槃経」の中の「八大河悉く大海に帰す」にある。すなわち、ヒマラヤ山から流れる八つの河はすべて海に流れて一つになるという意味だ。この世のいろんな宗教を八つの河に例え、やがて大きな海に流れ融合するという意味である。

今、伊藤真聰苑主がリーダーとなって、真如の教えの三つの柱である「伝統の法流血脈」、「大般涅槃経」、「神通霊妙」のうねりがしだいにサイクロンのように偉大なエネルギーを生み出し、世界の多くの人びとの心に響きつつある。やがてこの真如エネルギーが世界の隅々に浸透し、大願である「人類・地球・宇宙を救う」を達成し、伊藤真乗教主がローマ法王と誓った「世界の平和・人類の幸福」が実現することを私は固く信じている。

キャッチ・ザ・ダイヤモンド——未来を担う若者へ

若者たちへ捧げる三つの小さな物語

「原石のダイヤモンド」である若者たちへ、私のメッセージとして三つの小話を紹介しよう。

その一、天国と地獄

まず地獄の世界を覗いてみよう。地獄には餓鬼たちが住んでいる。地獄にも食堂はある。大きなダイニングテーブルをたくさんの餓鬼たちがお腹をすかせて囲んでいる。テーブルには肉、魚、野菜、果物、デザートなど美味しそうな食事がたっぷり用意されており、「さあ！食べよう」とみんな我先に箸を持つ。

ところが箸を手にした途端、スーッとどの箸ものびて一メートルもの長さになってしまう。それでも餓鬼たちはその長い箸で必死になって食べ物を口に運ぼうとする。でも、箸が長いので口に運べない。せっかく美味しい食事が用意されているのに、餓鬼たちは誰一人食事を摂ることができない。

一方、天国の世界はどうだろう。天国にはたくさんの天女や護法神が住んでいる。天国にも地獄と同じように食堂が有り、いろんなご馳走が用意されている。ただテーブルには最初から一メートルもの長い箸が用意されている。なのに天女、護法神たちは仲良く美味しそうに食事を楽しんでいる。

地獄にも天国にも同じ食堂がありご馳走が並んでいるのに、どうして餓鬼たちは食べられずますますお腹をすかしていなければならないのか。どうして天国では長い箸なのにご馳走をみんなで仲良くいただくことが出来るのだろう。

その二、ヒビの入った瓶

昔むかし、インドの裕福なお屋敷に仕えていた使用人のお話。

その頃はむろんまだ水道などなく、人びとは飲み水を湖まで行って汲んでこなければならなかった。この使用人も毎日水を運ぶのが仕事だった。荷車もまだなく彼は天秤棒の両端に瓶を縄で縛って運ばねばならなかった。おまけに二つの瓶のうち、右手のほうは完璧な瓶であったが、左手のほうは少しヒビが入っていた。それでも二つの瓶に水をいっぱいに汲んでお城までの長い道を毎日運んでいた。

ところが右手の瓶は何事もなく一滴もこぼすことなく運べるが、左手のほうはヒビのあるところから少しずつ洩れていって、お屋敷に着く頃にはもう半分ほどしか残っていない。

ある日、左手の瓶は使用人に訴えた。

「チャリタさん、私の体にはヒビが入っているのでせっかく汲んだ水なのにほとんどこぼれてしまいます。これではお役に立つことができません。申しわけないのですがもうお役ごめんにしてくださいませんか」

それを聞いてチャリタと呼ばれた使用人は言った。

「そうじゃないんだよ、左の瓶さん、お前も右手の瓶と負けないくらいの役目をはたしているんだよ」

これはいったいどういうことなのだろうか。ただ、、チャリタは水を運ぶとき、いつも道の左端を通っていたのだったが……

その三、兄弟亀その後

こちらのお話は昔話ではなく現代のお話。青いポリバケツのなかに仲良く飼われていた兄弟亀だったが、ある時巨大地震が勃発し、ポリバケツも木の葉のように飛ばされ、兄弟亀もせっかくの安住の地から外の世界へ放り出されてしまった。

バケツの中で生活していた頃、兄のほうは甲羅が隠れるほどいつも水の中に身を沈めていたが、弟のほうは外の様子を知りたいと好奇心が旺盛で、いつも兄の甲羅の上にのぼって外を見ようとしていた。そのうち兄のほうは弟の土台になりいつも水の中にいるために目も早く弱ってもうほとんど見えなくなっていた。弟のほうは逆に遠くに浮かぶ雲、飛んでいる鳥たちなどを見て、目はますます遠くが見えるようになっていた。

外に放り出されたあと、兄亀は仕方なく陸地をうろついていたが、やがて水が流れる音を耳にすると、無意識のうちに音のほうに引き寄せられ、迷わず川の中に入って行き、流れに身を任せているうちにとうとう海までたどり着いた。むろん海とは知らず、水が塩辛くなったのと体が軽くなったことから、どこか違う場所ということだけはわかった。そしてただけんめいに泳ぎまわっているうちに、いくら泳いでもたどり着くところがないことから、とうとう海の中で眠ってしまった。

一方、弟亀は目がよく見えるので、兄と離れ離れになって、その兄を探すため見晴らしのよい高台に向かった。途中一羽のウサギに出会った。のろい歩みを見たウサギは、「もしもしカメよカメさんよ　せかいのうちにおまえほど　あゆみののろいものはない　どうしてそんなにのろいのか」と弟亀に話しかけた。

兄と違い負けん気の強い弟亀はウサギに対し、「なんとおっしゃるウサギさん、それでは山までかけっこしましょう」と勝負を挑んだ。

かけっこを始めるとむろんのことウサギは早い、どんどん走ってたちまち亀が見えなくなるほど先に行ってしまい、途中やれやれ少し亀さんを待ってやろうと木蔭で居眠りを始めた。あとは日本歌唱集にある「うさぎとかめ」のお話と同じ。

しかし、このようにして亀はウサギに勝ったが、この結果となった要因は何だったのか。ただウサギが油断したからだけなのか。

三つの物語に対する私の答え

これら三つの物語に対する答えは人それぞれいろいろ異なるかも知れない。私の答えだけが正解ではない。その上で私の答えが参考になればありがたいと思う。

その一、天国と地獄

地獄の食堂では我先にといくら食べようとしても、箸のほうが先に伸びて口にすることができない。逆に天国の食堂ではみんなが仲良くおいしそうに食事を楽しんでいる。同じ設定なのにどうしてこのような違いが起こるのか。

それは天国の食堂では、長い箸で、テーブルのこちらにいるものがまず向かいに座っている天女や護法神に食べたいと思っているものを摘んで食べさせてあげるからだ。すると向かいの相手も「ありがとう」と言って、今度は逆に食べさせてくれた相手に欲しいものを長い箸で運んであげる。だからここでは和気あいあいと楽しむことができる。地獄の餓鬼たちは自分のことしか考えないから、いくら力んでも口に運べず悶々とするばかりだ。

「まず他のために」という心が天国に導いてくれるいい寓話だと思う。

その二、ヒビの入った瓶

ヒビの入った左手の瓶は、自分はもう何の役にも立っていないのでこの仕事からはずしてほしいとチャリタに頼む。そのときチャリタは意外なことをその瓶に伝えた。

「そうだね、確かに水はお城に届けられないが、実は運ぶときいつも俺が道の左側を通っていることはお前も気がついていただろう。俺は道の左端にいつも花の種を撒いておくことを忘れない。だから道の左端にはいつも色とりどりの花が咲いている。というのも、この通りは雨があまり降らないから花が咲きにくい。しかしお前にヒビが入っているお陰で毎日水遣りすることができる。お屋敷にもこの花をプレゼントしてたいそう喜ばれている。お前は右手の瓶に負けないくらい素晴らしい仕事をしているんだよ」

左手の瓶はこれを聞いて、「ああ、こんな自分でも役にたってるんだ。皆に喜んでもらっているんだからこれからもがんばって続けよう」と前向きな気持になった。
「この世でムダなものは何一つない」ということのとてもよい挿話《エピソード》だと思うが皆さん、どうだろうか。

その三、兄弟亀のその後

弟亀はウサギと競争したあげく勝利した。この結果を分析すると、ウサギは自分の足が速いので、いつも亀の動きを見つつ速度を緩めたり途中で休んだりした。ところが亀のほうは相手のことなど少しも気にしないでひたすらゴールに向かって歩んでいった。ここに勝負の分かれ目があった。ウサギは自分の足を過信し相手の亀があまり遅いのでついつい居眠りをしてしまった。

この物語から学ぶことは、人はついつい自分の周りの人と自分を比べ、悩んだり優越感を持ったりすることがある。しかし、自分は自分、自分のできることをしっかりやっていく目標を立てて取り組んでいけば達成できるということで、「人が願うことはそれが『本気』であれば実現する」ことのよい例になっていると思う。

ところで、ここで意外な角度からこの物語に感想をもった子どもがいた。ある小学校の三年のクラスで、先生が、「さて皆さん、このウサギと亀のお話で悪いのはどっちでしょう」

と問いかけたところ、ほとんどの子どもが駆けっこの途中でウサギが油断して寝てしまったのだからウサギのほうが悪いと答えたなかで、たったひとり男の子が「いや、ぼくは亀さんが悪いと思う」と言った。そのわけを聞くと、彼は、「亀さんはウサギさんが寝ているそばを通るときに、ウサギさんどうしたのと聞いて起こさなかった。ひょっとしたら、ウサギさんは体の具合が悪くなって休んでいたのかも知れない。それを黙って通り過ぎたのだから、ウサギさんは亀さんが声をかけてくれなかったことをうらんで後に亀さんに意地悪するかも知れない。だからぼくは亀さんのほうが悪いと思う」といったあと、こんなこともつけくわえたという。「駆けっこでの勝ち負けよりぼくは仲のいい友達でいるほうがいいと思う」

先生はなるほどそういう考え方もありだと感心して、彼のユニークな答えをほめてあげた。

ところで兄亀のほうはその後どうなったのか。広い海原で行き先も見えずひたすら泳いでいたが、とうとう疲れはて動けなくなってしまった。すると、何か甲羅にコッツンとあたるものがあった。一メートルもある流木で真ん中あたりに窪みがあり、兄亀はうまくそこにぶつかって中に入って休むことができた。流木はそのままとある浜辺に漂着、兄亀も無事生き残ることができ、兄亀を探していた弟亀に見つけてもらうことができた。巨大地震でたいへんだったが、地震のお陰で兄弟亀はバケツの中の生活から抜け出し、兄弟仲良く大自然の中で幸せな生涯を送ることができた。「この世でムダなものは何一つない」見事なハッピーエンドだ。

「ソウルナンバー・19」――私の場合

人にはそれぞれに縁ある数字、ソウルナンバーがあるのではないかと思っている。私の場合は「19」だ。

私が生まれたのは一九四四年、昭和十九年九月だった。

父が亡くなって芦屋霊園に夏目家先祖代々の墓を建てるとき、芦屋市から一坪ほどの墓地を五十年間借地契約する抽選会に参加した。そのとき引き当てた番号が「19・5・19」であった。つまり祖父が昭和十九年五月に死去、同じ年の九月に私が生まれた。「19・5・19」は祖父が霊界から私に引かせたようなナンバーだった。

私は芦屋川のほとりで見たアメリカ製スポーツカー・マスタングに感動し海外に行こうと夢を持った。この人生を大きく方向づけるきっかけになったのが「十九」歳のときだった。

私の人生で何ものにも代えがたい出逢いとなった真如密教の師・伊藤真乗教主が遷化した日は平成元年七月「十九」日だった。

私が五十五歳になった年の七月「十九」日に体調が悪くなり倒れてしまった。これは人生での大きなショックであり、節目であった。「十九」日に倒れたことでその後の健康に注意を払うようになり十五年経った今も元気に過ごしている。

六十年ぶりに芦屋山手小学校の同窓会が行われた。その日が二〇一四年四月「十九」日だった。美人姉妹だったかつてのマドンナにも巡り合うことができた。

このように私の人生の中でなぜか「19」という数字が節目節目に現れてくる。「19」が私のソウルナンバーであることはまちがいない。以来、私の車の番号も「19」を選んでいる。

会社の設立「十九」年目に究極のクリーム「ジ・アルティメットクリーム」を開発した。会社設立二十周年を迎えるにあたり、お世話になった関係者の皆さんに最高の記念商品をプレゼントする企画として開発した。この記念品には私のこだわりナンバー「19」を品番号とした。

生と死について

ニューヨーク同時多発テロ事件から

二〇〇一年九月十一日朝、アメリカ国内で四機の旅客機がほぼ同時にハイジャックされた。この内ボストン発ロスアンゼルス行きのアメリカン航空11便が、進路を急に南向きに変えさせられ、八時四十六分にニューヨーク世界貿易センタービルの北棟に突入し爆発炎上した。続いて、九時三分にボストン発ロスアンゼルス行きユナイテッド航空175便が南棟に激突した。この無差別テロ事件により、三〇二五人の死者と六二九一人の負傷者を出した。まさに白昼夢であった。どこに居ようと一寸先何が起こるかわからないことを知らされた。

だが、ここにも偶然なものはないだろう。すべてが「因果の法則」によって定められているのだ。まだこの世に生かされるべき人はこの事件から免れているのではないか。

日本からこの時期に梅井良子さんがニューヨークを訪れていた。彼女は友人の黒人女性とこの日の朝九時に貿易センタービルで会う約束をしていた。ところがその日の朝になって相手の女性が急に原因不明の腹痛を起こし、アポイントメントをキャンセルしてきた。梅井さんはその電話を聞いて貿易センタービルの一つ手前の駅で下車し外へ出た。すると、ドーンという異様な音がした。その方向を見上げると、なんと会う約束をしていた貿易センタービルに飛行機が突き刺さって炎上、黒煙が立ち込めているではないか。彼女は一瞬何が起こったか理解できなかったが、身の危険を感じ地下鉄駅に駆け下り来た電車に飛び乗った。友達の思いがけない腹痛のおかげで二人共命拾いをした。梅井さんは自分が救われた不思議さと人の寿命は自分ではどうしようもないことを体験した。すると生かされた命を何か意義あるものに貢献せねばという気持ちが一段と高まっていった。

日本航空１２３便墜落事故から

よく似た話は他にもある。一つは日本航空123便墜落事故だ。一九八五（昭和六十）年八月十二日、ボーイング747は修理事故によって群馬県の山中に墜落し、五二〇人の命を奪った。このときの乗客は五二四人だったから奇跡的にも四名の命は救われた。他、この飛行機に乗るはずの人で急に喉が異常に乾いて飲み物を買いに行き、搭乗ゲートからかなり離れていくのにもかまわずやっと買い求めて戻ったところ、すでにゲートは閉じられ乗り遅れてしまった人がいた。それにしてもどうしてあの時あんなに喉が渇いたのか、のちになってからも理解できなかった。ともあれ、何か見えない働きで彼は命拾いしたのだった。

もう一人、この便を予約していた人で、出発の前日に可愛がっていた孫から、「じーじ、聞いて欲しいことがあるので明日会いたい」との連絡が入り予定を変更、この便をキャンセルした人がいた。たいせつな用件ではなかったにもかかわらず、お陰で彼も事故から免れた一人となった。

これら生死を分ける事象に偶然なものはなく、すべて大宇宙を司る因果によるものだ。

地下鉄サリン事件から

もう一つの話は日航123便事故から十年後に起きた地下鉄サリン事件だ。この事件は一九九五（平成七）年三月二十日午前八時ごろ、東京都内の地下鉄で起きた。化学兵器として使用される神経ガスサリンが地下鉄車内で散布され、十三人が死亡、負傷者は六三〇〇人にのぼった。

この日、私の三洋時代の親しい友人である久保田徹氏も、事件発生とほぼ同じ時刻、地下鉄で霞が関の方へ仕事に行くため歩いていたが、なぜか背中を押してくる感じがあり、いつもより速い歩調でどんどん駅に向かった。信号待ちをしているときも何か足からせっつかれている感じだった。お蔭でいつもの時間より早く着き、一つ早めの地下鉄に乗車することになった。もし、彼がいつものペースで駅に向かっていたら、まともにこの事件に巻き込まれていたはずだった。見えない力に誘導されて彼は救われた。

ロンドン・タクシー——私の経験

私自身にも不思議な体験がある。ロンドンに赴任してまだ間がないころ、黒塗りで山高帽のような形をしたロンドンタクシーに乗った時のことだった。ロンドンのタクシーは、日本のタクシーと違い自動ドアではなく乗客が開けねばならない。普通は左側のドアを開けて降りるのだが、そのときはなぜか急いでおり、右側の座席に座っていた私はそのまま右のドアを開け外に出た。運転手が「だめだめ、そっちはだめ」と叫んだ瞬間、外に出た私の後ろから車がビューンと走ってきた。が、同時に温かい風がふわっと流れ、私の体をタクシーのボディのほうにすっと運んだ。間一髪のところで私は大事故から守られ命拾いをした。

と、いくつか例をあげたが、寿命は誰にも決められず、何か見えない世界の計らいで決められている。したがって私たちは「生きる」という感覚にもまして、「生かされている」という謙虚な気持をまずもつことが大事だ。その上でいただいた寿命を意義あるものとして精一杯生きることだ。

母の死

私の母は二〇〇二（平成十四）年九月十一日に亡くなった。あの痛ましいニューヨークの同時多発テロ事件から丸一年後の同じ日だった。したがって私にとって「9・11」は事件と母の命日が重なって深く脳裏に刻まれることとなった。

二〇一四（平成二六）年九月十二日に母の十三回忌をわが家で行った。その日の朝、私はシャワーを浴びた後、三階の南向きのベランダにバスタオルを腰に巻いたままの姿で出た。リクライニングチェアに白いバスタオルを敷いてゆっくり体を伸ばし太陽の光を浴びた。目を閉じてリラックスしていた。九月の中旬でもまだ暑い日が続くが、この日の朝はうっすらと雲がかかっており体に受ける太陽の光はなんともいえない優しい温かいものだった。まだ母の胎内にいたときの感覚がそのまま蘇ってきたようだった。卵が親鳥の羽毛に抱かれているときの感覚に似ているとも思った。私は何も身につけていなかった。生まれたときと同じ姿だった。そのときから七十年前の九月中旬に私は生まれたのだった。ふと至福という言葉が浮かんできた。そして人は死を恐れているが、死ぬときもたぶんこのような穏やかな感覚になるのではないかと夢想していた。

「生と死」はあの世とこの世のドアを出入りすること

母の十三回忌の朝に体験したこの不思議な感覚は忘れられない。思えば人は生まれた日から刻々と死に向かっている。仏教用語に「生・老・病・死」という言葉がある。人はこの世に生まれてから歳をとり、病に悩み、死を恐れる。だが、この四苦から逃れることはできない。お釈迦さまはこの恐れ、執着の心から離脱し、真理を得るための旅に出られた。六年間の修業の結果、「この世に常なるものはない」ことを覚り、すべての恐れ、執着から開放され悟りの境地を開かれた。お釈迦さまの悟りとはむろん比較できないが、母の死から十二年経った十三回忌の日の朝、私は生まれたときと同じ赤ちゃんの姿で太陽のぬくもりに身をゆだねていた。生と死は相反するものと思っていたが、実はどちらも歓びなんだという感覚を知った。

輪廻転生について

私は輪廻転生を信じる。「死」とはこの世で、魂が学ぶためのさまざまな体験をして寿命を全うし、次の世界へ赴くことだ。そして、この世でまだ宿題をやり残したまま次の世界へ行ったもののなかには、霊界にしばらくいて後またこの世に戻ってくる場合がある。また、前世で果たせなかった宿題を終えるために娑婆世界に戻ってさまざまな体験をする場合もある。私の人生においてはとにかく「ゼロからの挑戦」を経験することが多かった。これも私のこの世で課せられた宿題だった。私の母ははたしてこの世において宿題を終えていたかどうかは私にはわからない。だが、私が次の世界に行ったとき、父や母が輪廻転生せず霊界に留まったままでいれば再会できると信じている。「生」と「死」はやり残した宿題がある限り繰り返す。魂にとって「生」と「死」は織り成すタペストリーの表と裏のような関係で、二つで一つなのだ。この世でなすべきことを終えた人はもう娑婆には戻ってこない。次の高いレベルの次元で修行することになる、そこはドアを開けてみないと分らないが、この理を覚ると、生と死はこの世とあの世の境にあるドアを出たり入ったりするのと同じであり、「死」への恐怖はなくなる。

終章

一人ひとりが秘めている「善き個性」（真のダイヤモンド）

あの日、私の見た南アフリカの澄み渡った夜空には無数の星が光り輝いていた。それらの星どれをとっても大きさ、形、色に同じものはなかった。同じようにこの世に生まれてきた私たち一人ひとりが個性を持っている。そして、その内面に星のように輝ける個性・真のダイヤモンドを秘めている。

私は第二次世界大戦のさなかにこの世に生を受けた。戦後の激動期を経て人災、天災を潜り抜けてきた七十年間であった。天津、芦屋、シカゴ、ロスアンゼルス、ロンドン、南アフリカ、ケニヤを主な舞台として、織姫は私の人生タペストリーを織り続けた。私個人の人生体験は、とりたてて波乱万丈とかドラマティックといえるものではない。だが一見ありきたりの人生の中にも、仔細に見れば宇宙からの真理があちこち散りばめられている。この世に生を受けた一人ひとり、同じように、今あなたが織っている人生タペストリーの中にも真理があちこちに散りばめられている。この真理に気づき自らの聖使命を覚ること、これが深奥に秘められている個性、すなわち真のダイヤモンドを掘り当てることになる。

私が覚った私の真のダイヤモンドとは、「この世に人として生を受けた人びとの一人ひとりが内蔵する輝ける個性、真のダイヤモンドがあることを覚って、この使命をこの世で実践し、世のため人のために輝かせていくこと」だった。そして、この本を読んでくださるあなたにも、「なるほどそうだ！　私はこれまで気がつかなかった自分の内に秘める真のダイヤモンド（善き個性）を見出し、世のため人のために役立たせること、それがこの世に生まれてきた意義なのだ」と知ってもらうことだ。

マララさんの場合

自分の聖使命（真のダイヤモンド）を僅か十六年間の人生で見つけ、命をかけて取り組んでいる女性がいる。十七歳で「ノーベル平和賞」を受賞したパキスタンのイスラム教徒マララ・ユスフザイさんだ。

彼女は一九九七（平成九）年、パキスタン北部の山岳地帯で生まれる。二〇〇九年から、地域を支配する武装勢力タリバーンが女性の教育を弾圧する。マララさんは女子教育の権利を唱えて、子どもたちが学校に行けるように努力するが、ある日イスラム過激派に頭を撃たれる。しかし、まだこの世で聖使命を果たさねばならない彼女は生かされ、奇跡的に一命を取りとめる。彼女はノーベル賞授賞式でスピーチをしたが、最後に、

「この賞は、これまで私のやってきたことに対するご褒美であるだけでなく、私が活動を前に進めいつまでも継続できるよう、私に希望と勇気を与えてくれました。自らを信じ、自分一人ぼっちではなく、数百、数千、そして数百万人もの人に与えられていると知るためのものです」と述べた。

マララさんの命をかけた勇気ある行動は、私がアフリカで知った、動物の森が大火災に見舞われたとき、一羽の小鳥が大切な自分たちの森を救おうとしたという民話に似ている。

雨が長期間降らず乾燥した日が続いて、多くの生き物たちが住む大切な森が、木と木の摩擦から火災を発生させたとき、森にいた象やキリン、豹、猿など多くの動物たちは気も動転して、我先にと逃げ出した。そのとき木の梢に止まっていた一羽の小鳥は、逃げることもできず、「熱いよ！　熱いよ！　助けて！」と叫んでいる木の声を聞くと、咄嗟に森の湖のほうへ飛び立ち、小さい嘴で水を頬一杯に含み、火の海となった森の上から落とした。それをくり返しているうち、ハラハラしながら見ていた他の小鳥たちも数羽、数十羽、数百羽とくわわるようになり、ついには数百万羽以上の小鳥の大群が森に水を投下、そのうちに火の勢いはなくなっていきやがて鎮火した。

マララさんの不動心を貫いた実践がやがて多くの人びとに影響し、小鳥が火の森を鎮火させたように、イスラム過激派の炎をいつか消すことになるだろう。その結果、彼女が願っていた、いまだに小学校にすら通っていない五千七百万人もの子どもたちが教育を受けられる日が、きっとやってくる。この運動がパキスタンから他の多くの国にも広がり、世界の教育を受けていない子どもたちを救う扉が開かれることを信じている。

「人が願うことは、それが『本気』であれば実現する」と、五つの真理のうちで第一に私は語ってきたが、彼女の本気度こそは世界の子どもを救う重要なきっかけになっている。

今生で自らの内に潜むダイヤモンドを見つけ、わずか十七歳で世界に向けて輝いている。自らの聖使命を覚った彼女は、もはや、どんな困難、苦しみ、悲しみが襲って来ようと、それらは刹那的なことであり、常に明るい希望をもって進んでいくとき、彼女の心はいつも明るく温かい太陽のような光に包まれているのだ。たとえ暗雲が立ち込める日があろうとも、その雲の上にはいつも太陽が燦然と輝いているように。

自らの善なる個性で喜びの実践を

さあ！　今からでも遅くはない。「時は今！」あなたの内面をさらに掘り下げ、あなたに内蔵する善なる個性（真のダイヤモンド）を見つけ出し、世のため人のために、出来るところから本気で一歩を踏み出していこう。

その実践の積み重ねにより、あなたが持っている原石のダイヤモンドは少しずつ磨かれ輝きを増していく。

その輝きは、あなたの周りにいる悲しんでいる人、苦しんでいる人、途方に暮れている人びとの心に優しく温かく働きかけ、人びとを幸せの世界に導いていく。

この実践は、なにもマララさんのような偉業に見えずとも、同じ価値をもって、一人ひとりの持っている善き個性を見出してくれる。その素晴らしい個性で、まず周りの人が喜ぶようなことを日々実践していくことだ。この実践を「作善」という。誰かに会ったとき、こちらから先に挨拶をし、二言三言言葉をかけたり、笑顔を向けたり、電車の中でお年寄りに席を譲ることもその一つ。むずかしいことではない。毎日の暮らしの中でもいろいろ取り組める。

たとえ些細な行動であっても、一羽の小鳥が森の一大事を救うことができたように、あなたの善なる行動は、波紋のように行動を広げていく。この他を幸せにしていく実践があなたの本当の喜びになってくる。すると、あなたの心は常に優しく温かい太陽の光に満たされた状態になる。

「作善」を積み重ねた結果、この世での宿題を終えて、あなたはもう娑婆世界に戻ることはなくなる。輪廻はなくなり、新たな世界で喜びの修行を積み、真のダイヤモンド（あなた自身）はさらに輝きを増し、喜びに満ち溢れた新たな世界に住むことができる。

「天国と地獄」の話のように、まず他に喜びを与える行い「利他行」が、ブーメランのようにやがて自らの幸せを得ていくことになる。

これも宇宙の真理、善因善果「因果の法則」に他ならない。

あとがき

西暦一〇〇〇年代から二〇〇〇年代に移行する千年に一度の節目に中国・天津で生まれる。第二次世界大戦に敗れ、昭和から平成にかけ戦後の復興期、成長期、バブル期、バブル崩壊期などの荒波に揉まれ幼少期、青年期、壮年期を過ごす。また数百年に一度と言われる大震災を二度も経験する。

このような人生舞台で「星」をテーマとしてさまざまな「ゼロからの挑戦」をし、人生タペストリーを織っていく。そこから大宇宙に星のごとく散りばめられた真理の中から「五つの真理」に目覚める。そしてこの世に生まれてきた全ての人には「真のダイヤモンド」が秘められていることを覚る。

一人ひとりが内に秘めている善なる個性「真のダイヤモンド」に気づき、この世での使命を感得し、意義ある人生を楽しんでもらうことがこの本の目的である。

この本を書こうとした動機は、私の七十年間の人生で経験し学んだことを記憶が確かなうちに後世の子孫にも残しておこうと思い立ち、自伝的なものを書き始めたからだった。

ところが、原稿を書きすすめるうちに、やや後半のところで実に不思議な事象が起こった。それは、私がイギリスに住んでいた四十歳のころ、真如密教の集会に参加したとき、大阪から来た布教師のY婦人が集会で話した内容の部分の文字のサイズが太く、大きく変化したのだ。私は文字の大きさを変える方法も知らなかったので、元に戻そうとあちこちのキーをたたいたが、文字のサイズをもとの大きさに変換することは出来なかった。

このとき、（ちょっと待てよ、これは何か意味あることかもしれない）と考えるようになった。この不思議な事象を体験してから、本を出版する目的を大きくシフトさせた。

それは、私の人生においてのさまざまな経験、そのなかでもこの婦人の言葉によって真如密教に興味をもち、やがてこの世のすべての人が持っている「善なる個性」、原石のダイヤモンドを見出していくことがいかに大切かに気づき、それを世に訴えていくことだった。

この私が気づいたことをできるだけ多くの人に知ってもらうためには、本の出版方法を商業出版としていく必要があった。本の出版に関しては全くの素人である私はどうすればよいか思案していた。そんなとき、ボランティア活動（芦屋キワニスクラブ）の仲間で会長を務めていた義山雅士氏に相談した。義山氏は不動産会社を経営しておられるが、無類の本好きで、出版社もよく知っておられた。

彼より大阪にある澪標社の松村信人社長を紹介してもらった。松村氏に、約四五〇ページの原稿に目を通してもらった。もともと私の自分史的な内容だったので、個人的な内容も多く、これでは一般に広く流通させる本としては不適切とのことで、伝えたい内容を中心に絞り込み、二〇〇ページ程度とすることが必要だった。これに関しては松村社長より文芸評論家・倉橋健一氏に依頼していただき、監修してもらった内容を四人で打ち合わせを重ね、「キャッチ・ザ・ダイヤモンド」が生まれた。なお文中、一部の人名については仮名とさせていただいた。

私から義山氏・松村氏・倉橋氏と人脈のつながりが出来てこの本が世に出ることは、何か不思議な縁がはたらいているような気もする。この三人にご尽力していただいたお陰で素人の私が商業出版でき、より多くの人に読んでもらえる機会が得られたことを心より深く感謝している。

平成二十九年四月吉日

参考文献
『真乗　心に仏を刻む』「真乗」刊行会編（中央公論新社）

著者紹介

夏目　徹

1944 年　中国・天津生まれ。同志社大学・経済学部卒業
三洋電機に入社し 23 年間勤務のうち、18 年間をアメリカ、イギリスで過ごす。現在は芦屋市在住。
フィッシャー（米国）副社長　三洋・丸紅（英国）社長
三洋フィッシャー（米国）中部支社長を歴任後、1990 年独立
2017 年現在（株）プレスティージ会長　（株）ファイブ・スター会長
NPO 法人アフリカの子ども支援協会（ACCA）理事長
芦屋キワニスクラブ元会長

キャッチ・ザ・ダイヤモンド

二〇一七年五月十九日発行

著　者　夏目　徹
発行者　松村信人
発行所　澪　標《みおつくし》
大阪市中央区内平野町二－三－十一－二〇三
ＴＥＬ　〇六－六九四四－〇八六九
ＦＡＸ　〇六－六九四四－〇六〇〇
振替　〇〇九七〇－三－七二五〇六
印刷製本　亜細亜印刷株式会社
ＤＴＰ　山響堂 pro.